性の夜想曲

チェコ・シュルレアリスムの〈エロス〉と〈夢〉

ヴィーチェスラフ・ネズヴァル
インジフ・シュティルスキー
赤塚若樹 編訳

風濤社

◆目次◆

第1部　エロス

第2部　夢

性の夜想曲

† 本書はヴィーチェスラフ・ネズヴァルとインジフ・シュティルスキーの短編小説、シュティルスキーの夢日記の抜粋、ならびにネズヴァルの自伝=回想録の抜粋を、原著に添えられていたシュティルスキーのヴィジュアル作品を活かしながら収録したものであり、独自の編集方針にもとづいてつくられている。

† 〔 〕は訳者による補足をあらわしている。

EROTIKA

第1部

エロス

ヴィーチェスラフ・ネズヴァル『性の夜想曲』（一九三一年）

私はほぼ毎年T……へと出かけていく。「ほぼ」という言葉を強調しておきたい。というのも「毎年」は「型通りに」という意味でも「必ず」という意味でもなければ、「たいていは」という意味でさえないからだ。私がそこへ出かけていくのは、ほぼ常に「前もって考えもせずに」であって、自分がそこに行くのかどうか、あるいはT……を経由するだけなのかどうかもわかっていない。確かに私は十一歳から十九歳までT……の学校に通っていたので、そこではいくぶん気分がすぐれない。気分はすぐれないが、最高なのだ。

わがポンペイ。T……はわが伝説の地。

バスで行くと、T……の周りの風景には秋の気配が感じられる。丘の稜線の上には小枝しか見えない。

バス乗り場のすぐ下にパン屋があり、私たちはそこで降霊術の会を開いていた。二階の部屋の向かいには、戦争中、婦人服の仕立屋が住んでいた。彼が入隊すると、ご夫人の許にはオーストリアの将校たちが通った。一度に二、三人いたものだ。彼らはカーテンのことなど気にかけなかった。ご夫人はすぐに酒に酔い、部屋のなかを裸で走り回っていた。彼女は足が長かった。その頃から私は長い足が好きだ。

私は十五歳だった。つまり、女性の容貌に最初に目が行く年齢だったわけだ。私たちは人から愛されたいと思っており、そのことでは目がいちばん重要な役割を担っている。顔が次から次へと空想のなかへと入りこむ。私の空想のなかにはすでに相当な数の顔があった。夜の散歩でそのうちのひとりと出くわすと、心臓がドキドキした。

顔《フラバ》たちとは逢い引きもした。気持ちが大きく揺れ動いた。時計盤のある市庁舎のまえ、本屋のまえのアーク灯のすぐ下あたりには何玉《フラーフカ》ものキャベツがあった。

大きなU字型の広場は桟敷席に囲まれた平土間席のようだった。

1
2
3
4
5
7
8
9
10
11
12
13
14
15
16
17
18
19
20
21
22
23
24
25
26
27

私の顔たちが移動するのは南側だけだった。その後ろの眺めはといえば、ホテル・ハプスブルク、惣菜店《デリカテッセン》、時計屋、洋服店、宿屋〈三つ星〉、写真館通り、反物屋数店、小麦粉貯蔵所、銀行、おもちゃ屋などで、すべてがキュビスム的に拡がっていた。

おもちゃ屋では顔が愛のまなざしを捉えそこねた。すぐに一月か二月になって、店先は橇やスキーでいっぱいになった。そうでなければ、そのとき心に絶望を抱えていなければ、淡紅色の落陽と紙の風車をともなう、秋の夕暮れとなっただろう。

愛する顔を追いかけるのはきまりが悪いものだった。

私は写真館通りに立って、女たちのそぞろ歩きを目が眩みながらも見つめ、コートの下でオナニーをした。ひどく哀しかった。身体を見ながらオナニーはしなかった。オナニーをするのは顔や目を見ながらで、そうすると憂鬱になった。

身体のないあの女たちのまなざしを捉えると、愛を感じた。

どうしてその後恥じ入り、絶望しないということがありえただろうか。どれほど恥ずかしかったことか！

洋服店はいわば存在していなかったが、この物語の終わりになれば、どうしてなのかわかるだろう。

他方で私は映画の広告が壁に貼られた時計屋に目を留めるのを忘れなかった。理想的な顔があった。のぞきからくりもあった。まえにユダヤ人の少年がアーク灯の下で、点灯装置に取り付けられたレンズが拡大する猥褻《ポルノグラフィック》な絵を見せてくれた。私にはメドゥーサのように絡みあった脚、腕、頭、ペニスや唇を解きほぐすことができず、寝る前になると小部屋《アルコーヴ》でよくそれを思い出したものだ。

怖かった。市庁舎の時計が十一時、十二時、一時を告げた。私は台所に忍び込み、メイドのベッドの後ろでオナニーをした。ひどいものだった。暗く、静かだった。

こんなふうに情欲から殺人が犯されるのだ。やがて二時になった。私は眠った。

十二歳のときひどく恥ずかしい思いをした。中学校のめかし込んだ、まったくいけ好かない少女に恋をしてしまった。彼女は私の下宿の主人のところに歌をうたいに通い、私の気を惹こうとした。私は太っていて、鈍くさかったし、振舞いも愚かだった。気の利いた言葉も言えなかった。スケートリンクでは彼女にスケートの金具を取り付けたり取り外したりしてあげた。それから彼女の少し後ろを滑った。私を大声で馬鹿呼ばわりしたけれど、どうして欲しいのかわからなかった。五、六人の友だちがいっしょで、彼女から離れなかった。細かいターンを入れながら彼女は見事な滑りをみせた。冬休みに祖父がやって来て、一コルナくれた。私は文房具店でゴム製の帽子をかぶった磁器人形を買った。それはなかを水で満たすことができ、帽子を押すと、おしっこをした。これをわが理想の女性に送った。彼女は手紙にこう書いてきた、「これが何かわかっているの?」

彼女の友だちを介して、わかっている、と伝えた。

二通目の手紙で彼女は、子供はどうやってできるの、と訊いてきた。

私はとても喜んでこう答えた。

「まずヤッて、それから九ヵ月経てば生まれる」

このエピソードは不要なものではない。エロティックなことにかかわる言葉にたいして、私たちがどういう態度を取るのかを多少は明らかにしてくれるからだ。

女の子たちがスケートリンクから遠く離れた、人気のない庭へと私を追いかけてきた。私はおしっこをし、少女たちがそれを見ていた。いっしょに教会の回廊へ行き、彼女たちにどうやってヤルのか見せてあげるということで話はついた。

私は緊張した。少女たちは私のあとについてきたが、広場まで来ると散り散りに逃げていった。

私は彼女たちの王女に秘密のインクでラブレターを書いた。そこには陳腐な言葉がたくさん並んでいた。彼女はデートには来なかった。

一週間もしないうちに伝道師が説教の前に私を捕まえ、眉をひそめながら、待っているようにと命じた。私は怯えた。

理由がわからなかった。教会でおしっこをしたから？そうだ、修道士のひとりに見られたんだ。

私は泣きそうだった。伝道師は私のことが気に入っていた。宗教教育のとき、私の頬をつねって、お尻を軽く叩いた。ホモだったけれど、私にはそれがどういうこと

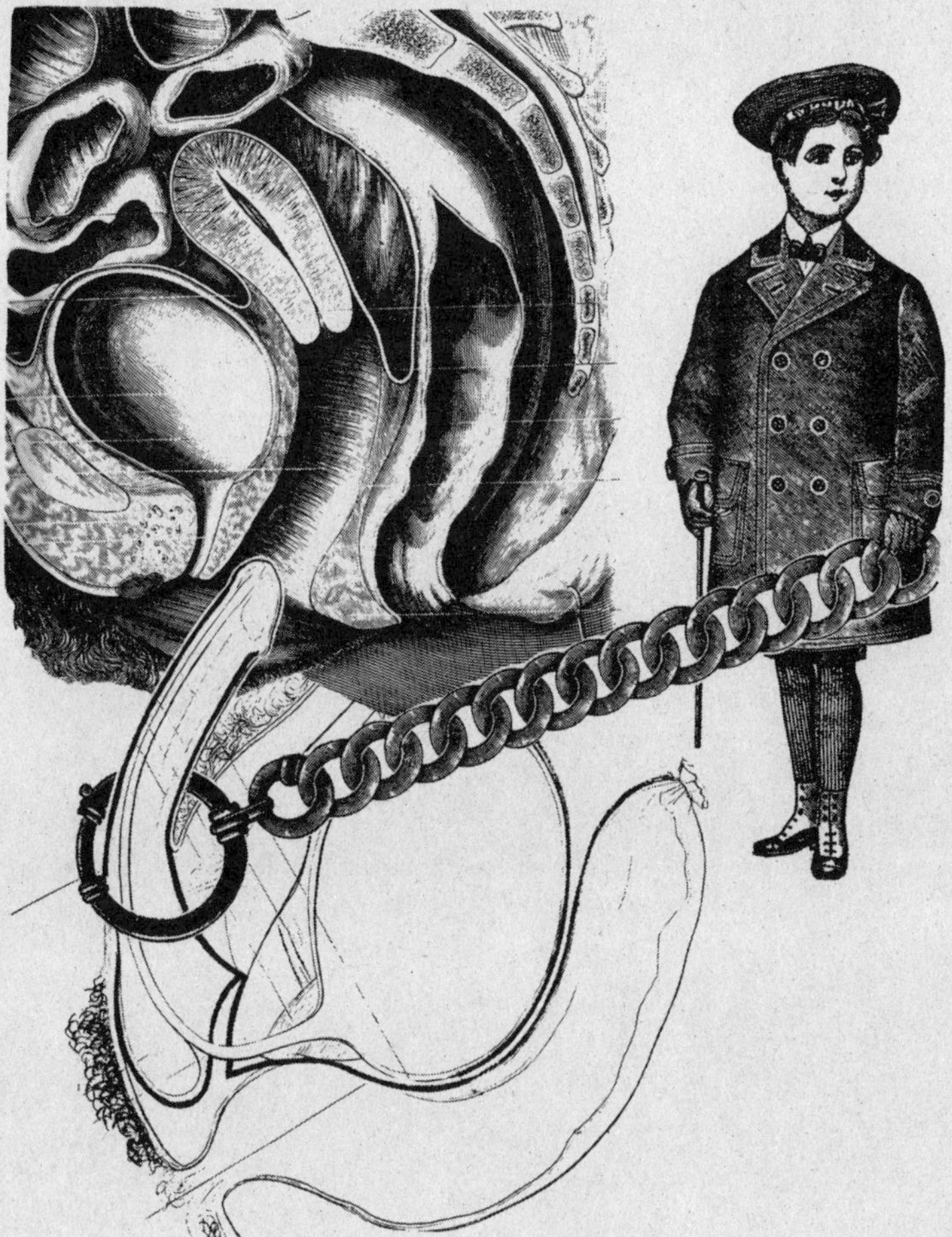

かわからなかった。

説教のあと私の肩に腕を回し、中学校の女子生徒にどういう手紙を書いたんだ、と訊いてきた。膝が震えた。私は塩化コバルト液で書いたラブレターのことを告白した。覚えているのは愚かな一文だけだった。

伝道師はこれで満足した。私の頭、お腹、脚を撫でた。けれども翌日、階段で下宿の主人に呼び止められ、外出禁止になった。

四時まで待たされた。

手紙のことを訊いてきた。塩化コバルト液のことを話したら、怒鳴りはじめた。問題にしていたのは手紙ではなく、スケートリンクで書いた内容だった。

最善を尽くして彼の取り調べを再現しよう。

「ひざまづけ！」

「立て！」

「ひざまづけ！」

「立て！」

「本当のことを言うか？」

「もちろんです、もう尋問は学校で受け、修道士の先生には許してもらいました」

「黙れ！　彼女はおまえに何か訊いたのか？」

「いいえ、彼女は悪くありません。僕が下品な人形を送ったんです」

「どんなものか言ってみろ」

「はい、磁器製で、ゴムの帽子がついています」

「くわしく言うんだ、さもないとぶつぞ！」

「ぶってください。買ったのは文房具店で、祖父からもらった一コルナで払いました」

「くわしく言うんだ」

「その人形は、そうですね……」

「何だ？」

「下品なものです」

「どんなことをするんだ？」

「はい、下品なことです」

「言わないのか」

「はい、それは……」

「何だ？」

「排尿を……」

「それはどういうことだ？」

「お願いです、言わせないでください」

「だめだ！」

「おしっこをする……」

「何てやつだ！」

下宿の主人は私を殴り、そして怒鳴った。

「おまえを罰するのはわしではない、父親に罰してもらおう」

それから私にたずねた。

「彼女はおまえに何と書いてきたんだ?」

「はい、子供がどうやって生まれるのか教えて欲しい、とです」

「ばかな、嘘をいえ!」

「子供がどうやってできるのか……」

ひどく恥ずかしかった。〈子供がどうやって生まれるのか〉と〈子供がどうやってできるのか〉では大きな違いがあった。〈子供がどうやってできるのか〉――この

〈子供ができる〉という言い回しは専門用語で、それ自体が説明という粗野な振舞いをしていた。

「おまえは何と書いたんだ?」

「ご容赦ください」

「だめだ!」

「恥ずかしいんです」

「そんなことはどうでもいい。言え!」

長々と問い質《ただ》されているうちに勇気が湧いてきたので、私は言った。

「まずみだらなことをし、それから九ヵ月後には生まれる」

下宿の主人はせせら笑って、私の頬をぶち、そして怒鳴った。

「この嘘つきめが、そんなことは書いていない。書いたとおりのことをおまえの口から聞きたいんだ」

気を失いそうだった。大人のまえでそんな言葉を言うことなど想像もできなかった。

下宿の主人は譲らず、しかもかなり執拗で、まるでそこから快楽を得ようとしているかのようだった。

私は泣き出した。泣きじゃくり、身体が震えた。下宿の主人は怒鳴りつづけた。

「その言葉を言え！　その言葉を言え！」

私は目を閉じ、気を失いそうになりながら、つかえつかえ言った。

「まずヤッて、それから九ヵ月経てば生まれる」

下宿の主人がグイと乱暴に押すものだから、私はよろめき足踏みオルガンのところまで行った。

「どこでそんな言葉を覚えたんだ？」

私の目に浮かぶのは子供の頃の愉快な場面だった。靴屋のそば、肥やしの山の上に原始的なトイレがあった。子供の頃このトイレに年上の友だちといっしょに閉じこもり、いろいろなことを教えてもらった。ジャンダはもうイクことができた。穴の上に座って、

目を細め、オナニーをはじめた。すると白っぽい液が飛び出てきた。驚くべきことだった。

つづいて礼拝堂の裏で集う少年たちのなかにいたときのことを思い浮かべた。私たちはジャンダと同じことをした。私はまだ幼すぎた。私はイケなかった。恥ずかしかった。

別の時には木のなかで熟したサクランボに囲まれながら同じことをした。

下宿の主人が私を攻撃した。

「放蕩者め、どこでそんな言葉を覚えたんだ?」

「ジャンダからです」

下宿の主人は両親に手紙を書き、すぐに家賃を値上げした。父にはこう書いた。

「この行為のために彼がもちいたのは、堕落した者たちのあいだでのみ使われる言葉でした」

彼の意見は人間社会のそれだった。何と馬鹿げていることか。小説家なら自嘲し、遠回しの言い方をするべきだが、「ヤル」という言葉があらわしているのはもっぱら性行為のみだ。幸いにもこの言葉がみずからの記念碑を建てている古い言い回しもいくつかある。私はどうやってこれを探したのか。性交のさい、愛する者どうしがキスとともにそれを口にすると、突然のめまいが入り込む。恥ずべき、滑稽な同義語には耐えられない。それらは何もあらわさず、埃茸《ほこりたけ》のように出来損ないで、見聞きすると吐きそうになってしまう。

「ヤル」という言葉はダイヤモンドのようなものであり、硬く、光を通す一級品だ。まるで優美なアレクサンドランが帯びる宝石のように思え、禁止されているがゆえに魔力がある。エロティックな雰囲気を醸し出すカバラの簡略な表現のひとつであり、私はそれが気に入っている。粗野な女性たちの前では口にしない。

私はパン屋の二階の窓から、婦人服の仕立屋の美しいご夫人がオーストリアの将校とヤッているのを見ていた。

彼女の両脚がちょうど窓に向かうようにして見事に宙に伸びており、私は明かりを消してその窓ガラスに勃ったペニスを押し付けていた。しかし、これはT……という街が私にとって忘れがたい雰囲気をどれほど持っていたかをわかってもらうためのエピソードにすぎない。

T……には娼館があった。そこにはマックス・エルンストの版画のような古風な魅力があった。そこによく行く同級生がいた。カフェのオーナーの息子で、エナメルの靴、極端に幅の広いズボンを穿き、家からものを盗んでは安く売っていた。

体育の時間になると並んで立ち、娼館のことばかり話していた。私にはおまんこがどのようなものかうまく想像できなかった。五年生のペニスがすっぽり入るくらいの大きな穴だと思っていた。同級生に笑われた。

五月一日の前夜、「魔女焼き」祭りが修道院の裏手の公園で行なわれた。公園はソーセージだらけだった。ひどく暑かった。私は勇気がなくて女の子のそばに行かれなかった。いずれにしても、私はそれまで誰ともヤッたことがなかったのだ。

上の学年の少年たちが合唱する歌が絶え間なく続いているとき、私は木の葉の間から炎を見ていた。

私は心のなかで「ヤル」と言い続けていた。そうやって勃起をさせたまま歩道をうろついた。情熱のすべてを注いでいたのはふたつの言葉だった。「ヤル」という言葉と「娼館」という言葉だ。官能に導かれ、夢遊病者のように広場を横切っていくと、そこをぶらつく女工が二、三人いた。

私はズボンの前を開けたまま歩き、コートでそれを覆っていた。

大きな門を通って娼館へと向かった。

娼館の向かいには大きな建物があった。持ち主の建設業者はこの地区の造成を手がけ、業者にちなんだ名称がこの地区には付けられていた。中庭には厚板や材木の山がいくつかあった。

それをのぞくと通り全体に明かりはなかった。娼館には小さなランプがあった。

心臓がドキドキした。娼館のなかに入るべきかどうか迷っていたからだ。

少しなら手を動かすこともできたし、そうすればしばしばらくうずうずすることもなかっただろう。だが女の人の上に乗ることを想像すると、オナニーはできなかった。

放り出されたらどうしよう？　そんなことも思い浮かんだ。しかし同級生は体育の時間にいつも、そこでは誰も何歳か訊いたりはしないと断言していた。

私は通りを横切った。ズボンのボタンを留めて、娼館のドアを開けた。

アーチ型の地下室のようなところへと入っていった。肉屋の冷凍室が思い出されてきた。そこと同じように壁には水滴がついていた。ドアがいくつかあった。どれに進めばいいのかわからなかった。

トイレから若い女が出てきて、私にたずねた。

「バーと部屋のどちらがよろしいですか?」

びくびくしながら答えた。

「部屋へ」

彼女と会ったのがこの地下室で、ほぼ完全な暗闇でよかった。もしそうでなければ逃げ出していたことだろう。彼女は私の手を取り、階段を上りながら歌った。娼婦はみな歌う。彼女が歌ったのはよくわからないオペレッタだった。喫茶室《カフェ》のそばを通った。喫茶室《カフェ》。喫茶室《カフェ》、鏡。鏡は旅回りの女優たちに夢中になる十一歳の歩行者には近づきがたいものだった。当時、彼女たちは朝から晩まで傾いた窓ガラスの向こう側に座っていた。時折愚かな蝉たちとともに、窓際でしどけない姿を見せているこの女たちのために、私はささやかな不正流用に手を染めた。

私は薬屋が好きだった。まるで彼女たちはそこで芳香に秘かな仲介役をさせながら話したり眠ったりしているかのようだった。ゲルベロヴァー女史については梅毒病みだという噂があった。私は階段を駆け上がり、心のなかで「梅毒病み、梅毒病み」と言った。それが意味するのは、彼女があまりにも歌がうまく、膝が見え、靴下留めをしている――彼女は歌っている――ということだった。歌い終わると彼女は支払いを待っているが、梅毒病みなのだ。梅毒という言葉に私はひどく興奮した。光明をもたらす新しい言葉だった。つまり、女だ。それにくわえて、彼女の衣装箱を漁ってみることができたらと絶えず願っていた。幸いにも彼女が住んでいるのは打ち捨てられたあばら屋だった。学校からの帰り道いつも私に怖い思いをさせた八十歳の老女が数週間前そこから墓場へと運ばれていった。今頃はおそらくそこで蛆虫だらけになっている老女のあと、その侘しい部屋に彼女は住み、サッカーの練習のとき何度となくそこにボールが落ちていった。その黄色い中二階のことは一度も忘れたことがない。私にとってそこはラスコーリニコフが金貸しの老女を殺害したのと同じ中二階なのだ。

トイレから出てきた女は誰の曲かはっきりしないオペレッタを口ずさんでいた。私は残骸のなかで、どこかに引きずられていくような気がした。壁に沿っていくつものジャガイモの茎が勢いよく伸びていた。稲光のような一瞬のことながら、祖父が冷凍室で牛の皮を剝ごうと手斧を素早く動かしているときの音が聞こえてきた。たぶん六段目を過ぎたあたりで（私はよろめいた）明るくなった。娼館のこうした驚くほど精妙な仕掛けは死にそうなくらい怖かった。それはまるで六歳にもならないころに『天使の城の囚われ人』の挿絵入り廉価版を見たときのようだった。明かりの灯った小部屋《アルコーヴ》から犬が飛び出してくるような気がした。だが何も起こらなかった。とても綺麗だった。暖かく、そこにある窓から日中は建設業者の中庭にある木材の山が見えるということにすぐには気づけなかった。

閉じた空間がどのような意味を持つのか、ということを「大鴉」のE・A・ポーと同じように正確に理解している者はほとんどいなかった。この一室は完全に隔離されていた。それは街の大きさが変わったということだ。もう地下室とは隣り合っていなかった。完全に隔離された一室であり、まさに隣が風でしかない部屋、烈しい光が満ちあふれる部屋、女神パラス・アテナの突き出た乳房に気のふれた鳥が舞い降りる部屋だった。しかしこの一室には鏡があった。鏡、鏡＝アルバム、鏡＝小説であることをやめた鏡だ。自分がどうやってこの不思議な部屋の敷居をまたいだのかわからないし、この不思議な部屋を言葉で説明することもできない。私には説明ができない。おそらくは素晴らしいインテリア、ウォルト・ホイットマンのこのうえなく美しい詩の死体仮置場。そこはまったくもって快適だった。天井のランプは演出としてのスモークに取り巻かれていた。そこには秋の気配があった。自然は排されているが本当の秋、霧にすぎない秋、風景よりもはるかに決定的なものを探し求めている秋の気配だ。どうやら長いこと煙が焚かれていたらしい。しかし、本物のタバコではなく、男たちの写真から出ているかのようなこの煙のおかげで確信したのは、炎が燃え、コレラの予防接種を受けるあの非現実的な世界から自分が遠く離れているということだった。ここは完全に現実的な部屋で、ソファが私の完全に現実的な尻を持ち上げ、トイレから戻ったばかりの完全に現実的な売春婦がドレスのようなものを急いで脱いでいた。まだら模様の下着をつけていた。それを見て、パラス・アテナの想像上の乳房にはだいぶ前から大鴉が留まっていたにもかかわらず、私は正気に戻った。我に返ったわけだ。芝居のかつらの匂いがした。心のなかで「娼館」と言った。つづけて何度も「娼館、娼館、娼館、娼館」と言った。そしてまた我に返ると、舌の裏側の深味のどこかで「ヤル」という言葉が響いた。売春婦はちょうど髪を梳《と》かしたところだった。彼女は洗面器に少し水を注いだ。それからとても乱暴に私の無関心さに一撃を加えた。彼女はソファに座っていた。また非現実的な感情の動きが割って入ってきた。かつて私は家の屋根裏部屋にいて、『ジュスティーヌとジュリエット』のドイツ語版のページをめくっていた。目の前にこんなタイトルがあらわれてきた。『*Rote Mühle*〔赤い風車《ムーラン・ルージュ》〕』、『*Zwanzig Mark Gage und eine Equipage*〔給金の二〇マルクと一台の馬車〕』。スーリエの小説『*Le Cadavre*〔死体〕』。若い女はこうした廉価本の木版印刷による挿絵の女たちのすべてに似ていた。またしても私は自分のそばで娼婦の肉がうごめいているのに気づかなかった。突然、壁からすべての装飾がなくなった。売春婦が口を開いた。彼女の声が時計の振り子を動かすやいなや（そのときには部屋は入ってきたときと同じように快適で心地よくなっていた）、私は屋根裏部屋の蜘蛛の巣から目覚め、私の思考ももとのとおり建設業者の中庭を見下ろす壁の上へと戻ってくることとなった。ズボンの前のボタンがひとつを残して外された。恥ずかしくなった。女はソファに心地よさそうに座り、急いではいないようだった。彼女の腰に触れたままでいる勇気が私にはなかった。それはまるでひとつのベッドで眠ろうとしている兄弟姉妹が、うとうとしながらも身体のあいだにすき間をつくろうとしているときのようだった。「ヤル」という言葉が不意にその意味を失った。私の小さな尻尾が悲しげに縮んでしまった。芝居のかつらの匂いのなかに放っておいてもらえたら、と願うよりほかなかった。南側で逢い引きをした顔のなかにさえ、このとても眠たげで、無関心な顔ほどに私を官能への思いから遠ざけたものはなかったといってよい。しかし女はそれでも自分のしていることに疑いを抱いてはいなかった。オペレッタを歌うのと同じようにまた何かを試みていた。私がさらに縮こまっていくと、どうやら見抜いたらしく、こう言った。

「あんたまだヤッたことがないの？」

しかし、このとき「ヤル」という言葉はほかのいかなるときとも正反対の効果しか持たなかった。感覚のすべてを無化してしまった。効用があったとすれば、せいぜい喋る口を意識するということくらいだった。しかし、あえてキスを想像しようとはしなかった。女は私の手を取り、とても優しくこう言った。

「ぼうや、いっしょに遊びましょう」

彼女はパンティを脱いだ。これには本当に興奮した。間を置かず、そして見ている者がいればその多くにとっては馬鹿げていただろうが、彼女の股間に顔を突っ込ん

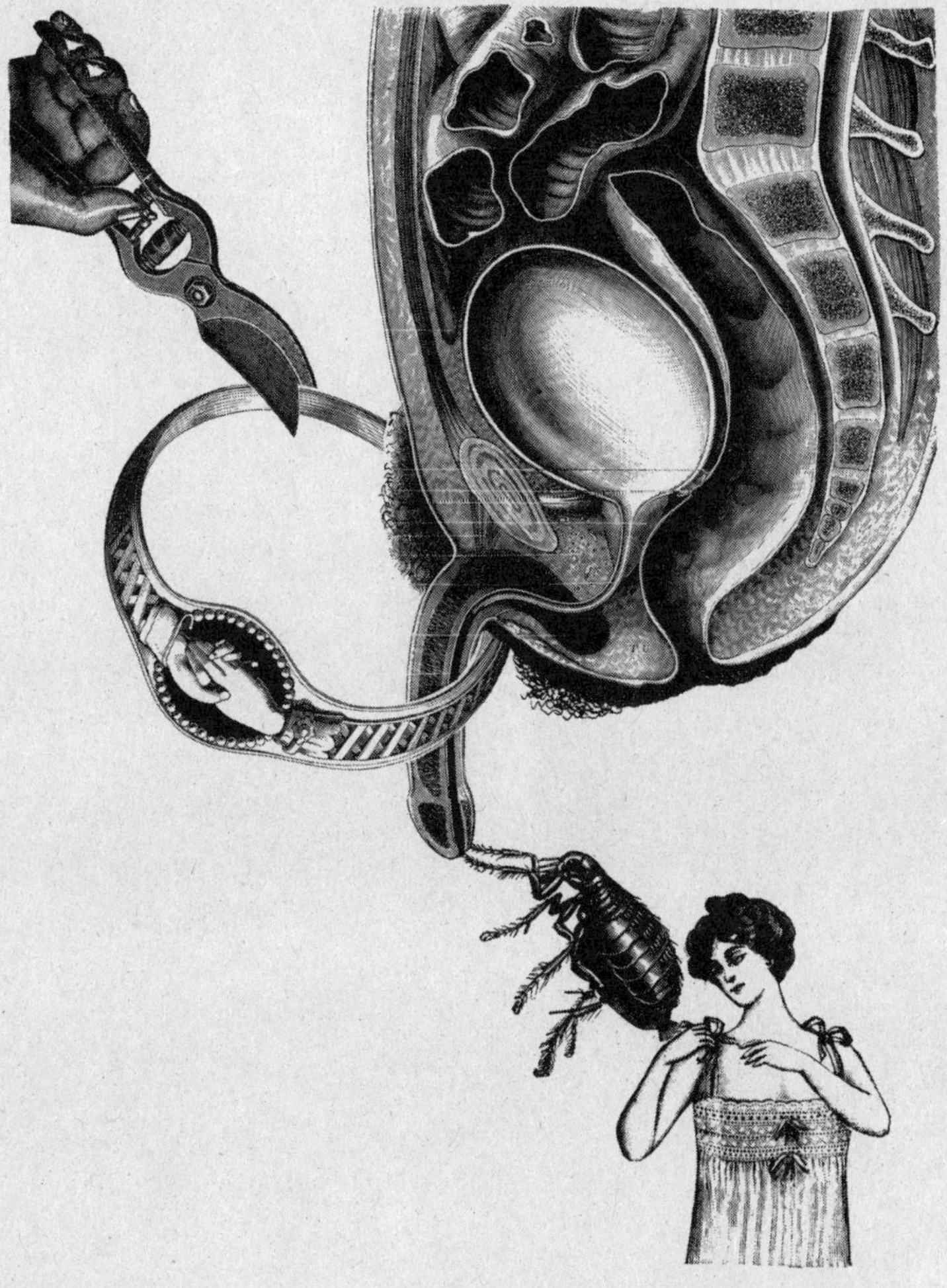

だ。私をうっとりさせる、メイドの汚れたシャツの匂いを嗅いだ。間を置かず、そして汚れのない空の稲光のように私のペニスが勃った。すべてがいきなり変わった。Ｅ・Ａ・ポーの部屋のなかで売春婦の身体に飛びかかった。私の舌が彼女の香水をつけた歯のあいだに入っていった。

彼女の手が私のズボンを脱がせた。私は彼女の穴へと、考えていたのとは違って独特な大きさをした穴へと突入した。あえて身体を動かさなかった。遊歩道に向かってコートの下であのように訓練した手とは大違いだった。穴は私を熱い非在で取り囲んだ。私はヤッた。私がヤッて、あれが穴のなかに勢いよく出ると、穴はどういうわけかひとりでにナメクジのように動いた。私は叫んだ。

「ヤッたぞ、ヤッたぞ！」

彼女は言った。

「じっとして、しばらくこのままでいて」

私はうれしかった。永遠にこのままでいたかったからだ。

この部屋に入ったとき、私が暮らし、学校に通っている街から切り離されたのだとしたら、誰が書いたかわからない小説の文章の一部となったのだとしたら、あまりにも古い挿絵のように思えたために、私の知的生活の連続性がそこで断ち切られたのだとしたら、この切り離された状態は正当なものだったということになる。そのときそこは夢の部屋となった。未来を持たず、現在に、時間のない時間にとらわれながら、それがどのようなからくりによって、どの落とし戸からあらわれたのか私にはわからなかった。

私は唯一の女の住人といっしょにいる唯一の男の住人で、落ち着いており、過去とも未来とも関係がなく、ちょうど夢の危うい梯子——多くの部分がもっぱら無によって取って代わられている梯子——を伝う歩行者のようだった。あの世へと迷い込むかのようにあたりをさまよう、時計のカチカチという音には、何か混乱に陥ったシステムの、戯れの〈芸術至上主義的《ラール・プール・ラール》〉な切迫感があり、壁の絵、写真、壁紙、カーテンの自然主義がもたらす悦びは、私を途方もない領野へと、驚きと具象の風土へと、絶対的な誠実さの領域へと連れ戻していった。どうやら私はこのうえなく辛辣な非難に、夢遊病者の無感覚さをもって応対していたのだろう。私がしていたのは会話のない会話、鏡のない、対象のない会話にすぎず、発したのは、口にされたまさにその瞬間に存在することをやめる言葉だったのだ。それでも（こうした分離の絶対的実現のあと）ベネシャン・ブラインドの向こう側にあり、ちょうどそれに向かい合っている、建設業者の散らかった中庭が感じられるのは素晴らしいことだった。中庭はそれ自体であることをやめており、いまや私にとってはあらゆるものと同じように対比の手段としてしか役立っていなかった。それでも、まるでそれが記憶の産物にすぎなかったかのように、前後不覚の深い眠りから覚めた朝に私たちが捉える、多くの消えゆく細部のひとつにすぎなかったかのように、娼婦の顔がこの隔離された乱雑さのすべての意味を決定していたが、その乱雑さはすでに乱雑さであることをやめていた。私たちが話したことなどどうでもいい。確かに馬鹿馬鹿しいことだった。し

かし彼女の価値、この部屋の価値こそが、主観的なものながら、私たちが自殺を先延ばしにしている理由であるあの高貴な瞬間のひとつを創り出していた。じつのところ（そこを立ち去ってからだけでなく、彼女といることが水晶のように変わらないものであると思っていたときでもすでに）、もしどこかで出くわしても（そういうことはなかったと思うが）、この女性だと見分けられるかどうか、彼女に顔があったのかどうか、彼女が一般的な観念のひとつにすぎなかったのかどうか定かではなかった。うわごとの領域でこの瞬間が占める場所をいずれ突き止められるだろうという希望は持てなかった。人生には変化、絶対的な変化などないということがよくわかっていなかったら、そのとき私の生活が変わったというふうに思ったことだろう。私が見たのは、その日以前には見えていなかったものだ。それは夢に対する記憶の受容力以外の何ものでもなかった。自分が出逢ったもののなかからそのとき思い出していたのは、ポーの部屋の雰囲気にぴったり合うものだった。そのとき大いに気に入っていたのは、写真館通りで目的もないままに立っていることだった。その暗闇へ入っていくのが好きで、飾られている写真の輪郭をそのなかで見分けようとしていた。既知のものを未知のものにする必要があった。こうして私は土曜日には、なかで叫び声が響く、商売気のない酒場の前で立ち止まった。別の晩にはとくに意味のない窓の下を、一度きりのドラマがその向こう側ではくりひろげられているにちがいないと思いながら見て回った。日曜日には文房具店のあたりをぶらぶらするのが好きだった。シャッターが降り、ウィンドウの向こうにある、馬鹿げたつまらないもののすべてに手が届かなくなる日曜日には。懐中電灯で道を照らすのが好きで、どこに行こうとも、心のなかではつねに変わらず、私にとっては最高度の非現実性を象徴する地下室へと降りて行った。こうして警官と棺の羽根飾りを、人びとが不在の時間を、そして夜のあいだ〈内部〉を〈外部〉から分離する雲を好きになれるようになった。私は鍵穴から覗き見をしそうになり、目を閉じて歩き回り、現実の輪郭を嗅覚で識別できるようになった。仕立屋の広間の匂いが大いに気に入っており、街のなかの、ともかく気懸かりになっている部分をわけもなく探し出そうとしていた。こうして私は黄色い曲がり角のほうへとさまよっていたが、理由はといえば、かつてはるか遠くの絶壁からそれを見たことがあったからにすぎない。かつて病院から見た街灯の向こうへとぶらぶら歩いていった。そして十二歳の頃の悦びに浸るのを我慢することができず、いつも写真館通りへと戻っていった。ある日、写真を撮ってもらった。肖像写真には興味がなく、強く望んだのは自分の強迫観念を捉えてもらうことだった。撮影のとき想像したのは売春婦だったが、彼女の顔は記憶から消え去り、残っているのはほぼ観念だけだった。しかし櫛と写真用の鏡を手放すとすぐに（午後で、通り沿いにロバに牽かれた小麦粉の荷車が進んでいった）、ほとんど幻覚を見ているかのように広場で冷凍室の女性と出会った。

彼女は美しかったし、美しく着飾ってもいた。彼女のまなざしは、私が彼女を見ることを許してはいなかった。彼女はひとつの顔へと、私の幻想の貯蔵庫を満たす、近

づきがたい肖像のひとつへと変わった。しかし彼女が歩いたときに私が感じ取り、聖体の小さな雲として捉えた、仄《ほの》かに漂う香りのせいで私は深い絶望にとらわれた。そのとき、おそらく人生において、このまったき激しさにおいて初めて自殺をしたいと思った。

最近T……を通ることがあった。思いがけずそこで足止めを食らった。私たちはカフェにいたが、そこはこの街が私にとって伝説の地になるまでは近づきがたいところだった。朝方、私たちはバーへ行った。なかに入るやいなや、私は大勢の人たちといっしょに来ていることを忘れた。自分が何に引き寄せられたのかわからない（バーのそばには細い小川、黒い水車用水路か何かが流れていた）が、そうすることを嫌っていたにもかかわらず、理由もわからないまま、バーのカウンターに座った。私は酔っていた。近くのテーブルに、支払いをしているふたりの年長の男性とともに（何か陽気な祝祭で小舟に乗っているかのように）、三十五歳の美しく、体格のいい女性が座っていた。バーのオーナーの夫人だった。若い生徒だった私が入学試験を受けにこの街に来たとき、卒業しようしていたのがそのオーナーだった。そのとき私は祖父と宿屋に座っていた。私はふさいでいた。宿屋の前には高い建物があり、大きな看板が所狭しとつけられていた。そこにＵＳＳという文字で終わる卸売業者の名前があった。私はこの巨大な文字を白痴のように見ていた。

バーのオーナーの夫人はこのＵＳＳ卸売業者の娘だった。彼女を見てすぐに私は狂わんばかりに恋をした。私は彼女のテーブルに座った。彼女は言った。

「子供だった頃のあなたを知っているわ」

私は答えなかった。大きな文字を見ていたのと同じ狂ったまなざしでしばらく彼女を見ていた。楽団が「あな《アオホ》たも《・ドゥ》……」を演奏した。

仲間のひとりが私たちに加わった。この婦人の親戚だった。彼女はいま娼婦のふりをしていた。彼が私に言った。

「さあ、何とか言ってくれ」

だが答えたのは彼女だった。

「だめよ、何も言ってはいけない」

彼女は私を見ていた。それから私に言った。

「またいらしてね」

彼女は私に身体をこすりつけた。私は言った。

「あなたの結婚式が目に浮かぶ」

心のなかで私は、結婚式で混み合う広場に面する窓辺にいた。ヴェールをまとい、頭に花冠を載せた女性を思い浮かべた。

彼女にこのすべてをふたつの言葉で伝えた。彼女は私を優しいまなざしで見、涙を流していた。彼女は言った。

「もう来ないでしょう。またいらして。何年か経ったら、またいらして」

もう一度私に身体をこするようにしてふれると、彼女の涙が私の顔に落ちてきた。それから彼女は立ち去り、もう戻っては来なかった。私は深酒をした。通りを千鳥足で歩き、いくつもの窓を割った。仕事へ向かう若い女性を怖がらせた。やがて私と友人は開いたばかりの宿屋へと（奇蹟的に）入った。その宿屋は〈三つ星〉で、私

たちと洋服店を隔るのはたった一枚の壁だった。洋服店は、そのままここに残るようにと私が両親に連れられてこの街に来た日に母がコートを買ってくれたところだった。私は友人の手を取った。心のなかで私は洋服店のなかにいた。この感覚から脱け出たことは一度もない。たぶん私はそこで気が狂ったのだろう。

原書 奥付

★

〈叢書《エディション》69〉、第1巻、ヴィーチェスラフ・ネズヴァル『性の夜想曲』。暴かれる幻想の物語。デザイン《タイポグラフィ》と挿絵はインジフ・シュティルスキー。1931年秋にインジフ・シュティルスキー（クシェメンツォヴァ通り5番地）が友人・収集家向けに発行した私家版。発行部数は138部、番号入り。うちNo.1~69はオランダ・パネクーク紙に印刷、No.70~138は国産のジャパン・シミリ紙に印刷。

予約購読者のみに向けて発行されたので、公的に売買・展示すること、貸与その他の方法で流布させること、公共図書館に収蔵することを禁ずる。

インジフ・シュティルスキー
『エミリエが夢のなかで私の許にやってくる』（一九三三年）

エミリエが私の昼、夜、そして夢から静かに遠ざかっていく。彼女の白いドレスも記憶のなかでおぼろげになった。ある晩彼女の下腹部に見つけた、謎めいた歯形を思い出しても赤面はしない。感情の準備を妨げる最後の見せかけも消え去った。情熱と、不実さの入り混じった謙虚さに引き裂かれた自分の心を思い出して、冷淡で、あいまいで、無関心な微笑を浮かべる少女たちのあのコーラスもすべて永遠に戻ってこない。子供の頃に雪で型を取ったあの顔、子宮の無節操さに呑みこまれたあの女性の顔からとうとう自由になることができたのだ。

エミリエが青銅で造られるのが見える。大理石の人びとも蚕に悩まされることはない。上唇のハート型の山は旧世界の戴冠式を思い出させるが、舐められるのに慣れた下唇のほうは、娼館の葉飾りのかたちを思い起こさせる。頭を彼女のスカートの縁に入れながら、その下をゆっくりと歩いた。彼女のふくらはぎの毛が網ストッキングの下で不規則に渦巻いているのを近くから見て、これを梳《と》かすにはどういう櫛が要るだろうかと想像してみた。彼女の股間の匂い、洗濯場とネズミの巣の混合物、花壇のスズランのなかで忘れられた針山が好きになった。

私は二重写し《オーバーラップ》の犠牲者となった。クラーラを見るときはいつでも軽い巻き髪のエミリエの輪郭を重ねていた。

エミリエが罪を犯したいと思うと、子宮から干し草置き場やスパイスの匂いがした。クラーラの匂いは植物標本のようだった。私の両手がスカートのなかをさまよい、ストッキングの縁に、靴下留めの留め金に触れ、太腿の内側を撫でる。太腿は熱く、湿った、甘美なものだ。エミリエは私に茶を一杯持ってきてくれる。青いスリッパを履いている。私が完全に満足することは決してないだろう。私を苦しめるのは、女たちの喘ぎ、オルガスムスの痙攣のなかで歪む目の表情なのだから。

エミリエは私の詩の世界に入ってこようとはしなかった。柵越しに私の庭を見るので、普通の果実と自然の産物を先史時代の楽園のひどい果実のように見ていた。そのあいだ私はぼんやりと白痴のように、草地で鼻でクンクンと匂いを嗅いで死を捜し、自分のすべきことから逃げる、言うことを聞かない犬のように歩道を歩き回った。そのときは狂人のように、影がある広場の南のどこかに落ちている瞬間を探していた。エミリエは柵にもたれながら、人生を突き進んでいる。私には彼女がはっきり見える。毎朝、乱れ髪で起きて、トイレへ行き、小便をし、ときには糞もし、それから松脂石けんで身体を洗う。性器に香水を振り、迷いの感覚がなくなるようにと、生きている者たちのなかへと急いで入っていく。

観ていて素晴らしいのはエミリエが笑ったときだ！

彼女の口は空っぽで乾いているように思えた。けれども、きみがこの上方に位置する、快楽の洞穴に頭を近づけると、そのなかで何かが震えているのが聞こえ、彼女がきみを迎えるために唇を開くと、歯のあいだから紅い肉片が飛び出してきた。老いは時間と好んでいちゃつく。道徳は快楽に抱かれてのみぐっすり眠る。快楽の絶頂のときも閉じることのない彼女の目は、この世のものとは思えない魅力的な表情をたたえ、唇が行なうことを恥じているようだった。

自分の若さを探している場所で、私は金髪の巻き毛が注意深く保存されているのを見つける。人生は絶え間のない暇つぶしだ。死は私たちが生と呼ぶものを日々浸食していき、生は私たちの無への欲求を絶えず呑みこんでいく。キスの観念は唇が近づくより前になくなり、それぞれの肖像は私たちが見るよりも前に色あせていく。最後にはこの女性の心臓にも蛆虫が這い、その内側で笑う。その後、あなたが本当に存在したと誰に主張ができるだろうか？　あなたが驚くほど色の白い裸の美少女といるのが見えた。つづいてこの少女が両手を挙げると、掌《てのひら》が煤で黒くなっていることがわかった。それから一方の手をあなたの胸のあいだに押し当て、もう一方の掌で私の目を覆ったので、あなたが引き裂かれたレースのように見えた。あなたは裸で、身体を覆うのはボタンの外れたコートだけだった。この瞬間に私はあなたの生のすべてを見た。太く、勢いよく芽を出す植物のようだった。地面から伸びる二本の茎がすんなりとひとつになり、その場所であなたは萎れはじめたが、身体はすでに臍、胸、頭とともに成長し、ピンク色の愛らしい突起もあった。しかしこの瞬間にあなたの下半身が縮んで、崩れていった。あなたの前で身悶えし、あなたのコートの縁に手を触れながら、私はそれ以前には知らなかった愛のせいでうめいていた。それが誰の影だったのかわからない。私はそれをエミリエと呼んだ。私たちはぴったりと、離れないようにくっついたが、お互いに背中を向けていた。

この女性は私の棺で、歩くときは自分の装いで私を隠している。だから彼女を呪いながら私は自分を責め、彼女を愛しながら、その掌の像を陰茎の上に置いて眠る。

五月一日にきみは墓地へ行き、第十区画で女性が墓石に座っているのを見つけるだろう。きみを待っていて、トランプ占いをしてくれるだろう。きみは立ち去り、花嫁学校の壁に説明を探すだろう。しかし、窓に見える少女たちの頭部は臀部＝蕾、尻＝チューリップといったかたちをしており、トラックが通ると揺れるだろう。それらが舗道で崩れ落ちないようにときみは狂わんばかりに心配し、その心配は、きみが幼年時代にはじめて痙攣的な勃起を経験したときの快楽と、きみのお姉さんが雪花石膏の小さな手できみにオナニーの仕方を教えたときの恐怖に似ているだろう。

では、きみは誰から慰めを得るのか？　エミリエはずたずたに切り裂かれ、断片からなる彼女のイメージを風がきみの知らない場所へと運び、それゆえにきみはいまとなっては自分に平安をもたらす道具として彼女を選ぶことはできない。しかも、きみはだいぶまえに別れの時を嘆き悲しむのをやめてしまってもいるではないか。

空は眠り、生け垣の後ろで、生肉でかたちづくられた女性がきみを待つ。きみは彼女に氷を食べさせるのだろうか？

クラーラはいつも身軽ないでたちでソファベッドに座り、脱がされるのを待っていた。あるとき私のベッドテーブルからリボルバーを取り出すと、一枚の絵に狙いを定め、撃った。教皇は胸を押さえ、床へと落ちていった。彼がかわいそうだった。その後、郊外にある娼館を訪れ、売春婦に巧みな技の対価を払うとき、私はいつも自分が永遠の一部を買っていることを意識した。ツェツィルカの性器の塩気を含んだ味を楽しんだことがある者は、ピンクのスカートの下に隠れた怪物を満足させるために、指輪、友人、道徳などあらゆるものを売った。ああ、どうして私たちは、女性たちが私たちを最初にもてあそぶときと、私たちに最初に絶望するときとを区別できなかったのだろうか？　ある夜、明け方近くに私は目覚めた。鳥の歌に合わせて花が散る時間だった。私の隣に寝ているのはマルタ、あらゆる愛の手管の収蔵庫、コリントスのハイエナで、あらわになった外陰部が夜明けを迎えるために開いていた。私の反感に満ちたまなざしに彼女が気づいた。きっと私が忌み嫌われればいいと心から願ったことだろう。彼女の性器が子宮から流れ出て、ふくらんでいくのを私は見た。それがさらに大きくなりベッドから床へと溢れ出ていき、溶岩のように私の部屋を満たすのが見えた。急いで私は起き上がり、狂人のように家から飛び出した。人気のない広場の真ん中で立ち止まった。振り返ったとき、マルタの性器が私の部屋の窓から抜け出てきて、不自然な色をした、記念碑のように巨大な涙のかたちとなった。鳥が舞い降りて、私の種をくちばしでつついた。追い払おうと鳥めがけて石を投げた。「きみはしあわせになれる、ずっと同じことをしていられる」と誰かがそばを通り過ぎながら言い、「きみの奥さんが男の子をいままさに生もうとしている」と付け加えた。

ルルドの聖母マリアの青白いコルセットの後ろで二匹のオサムシが毎日正午に逢い引きをしていた。私はまったく無邪気に地下墓地へとやって来た。一列に並んだ四角い箱に自然に興味が湧いた。何人かの少年が足を縛られ、オリーブの葉冠を着けたまま逆さに吊るされており、小さな炎が彼らの巻き毛の頭を炙ってピンクに染めていた。別の部屋で私が見たのは裸の美女の群れで、絡み合ってひとつの生きた塊と化し、黙示録の怪物のようだった。彼女たちの性器は機械的に開いた。虚空に向いているものもあれば、みずからの愛液を呑みこむものもあった。とくに目をひいたのは、そのひとつの陰唇が動いていて、まるで口のきけない唇が話をしたがっているかのように、あるいはこわばった舌で雄鶏の鳴き声をあげようとしているかのようにみえることだった。別のは蕾のように微笑んでおり、いまもしそれが百の標本に混ざっても区別することができるだろう。それは私の死んだクラーラの性器だった。彼女はとても好きだったミントの化粧水で洗われることもないまま埋葬されてしまった。悲しかったので、私はペニスを引っ張りだし、死はつねに悪徳と不幸を結びつけるとつぶやきながら、ためらうことなく平然とその生きた群れのなかへと突っ込んだ。

それから私は窓辺に水槽を置いた。そのなかで金髪の外陰部と、青い目がひとつと、こめかみに柔らかい静脈のある陰茎の素晴らしい見本を保管していた。しかしやがてそこに自分の愛するものをすべて投げ入れた。カップの破片、ヘアピン、バルボラの靴、電球、影、燃え殻、イワシの缶詰め、手紙のすべて、使用済みのコンドーム。この世ではたくさんの奇妙な生き物が生まれていた。私は自分が創造主だと考えた。十分な資格があるのだと。それから箱をはんだで塞いでもらうと、自分の夢が腐敗していくさまを満足しながら眺めていたが、やがてガラス面が黴に覆われて、何も見えなくなった。けれども、世の中で私が愛するもののすべてが間違いなくそこにあるのだと思っていた。

しかし私の目には絶えず糧を与えてやる必要がある。私の目は貪欲に、そして乱暴にその糧を呑みこんでいる。そして夜、寝ながら消化している。エミリエは思うままに騒ぎを惹き起こし、出会った人びとすべてのなかに欲望と彼女の毛深い口のイメージを呼び起こした。

若い頃の話をもうひとつ覚えている。私が高校を退学になったときのことだ。みんなが私を軽蔑した。そばにいてくれたのは姉だけだった。夜になると秘かに彼女の許へと行った。抱き合って横になり、脚を絡ませ、とても長いこと動かずにいることによって私たちが夢見たのは、恥辱の刃の上で動いている者たちすべてが陥っていくあの物憂げな状態だった。ある夜、静かな足音が聞こえた。姉は手で、長椅子の後ろに隠れるようにと合図した。父が入ってきて、部屋のドアを後ろ手に注意深く閉め、何も言わずに姉のそばに横たわった。そのときとうとう私は人がどんなふうに愛し合うのかを見ることができた。

エミリエの美しさが生み出されたのは衰えゆくためにではない。腐敗していくためにだったのだ。

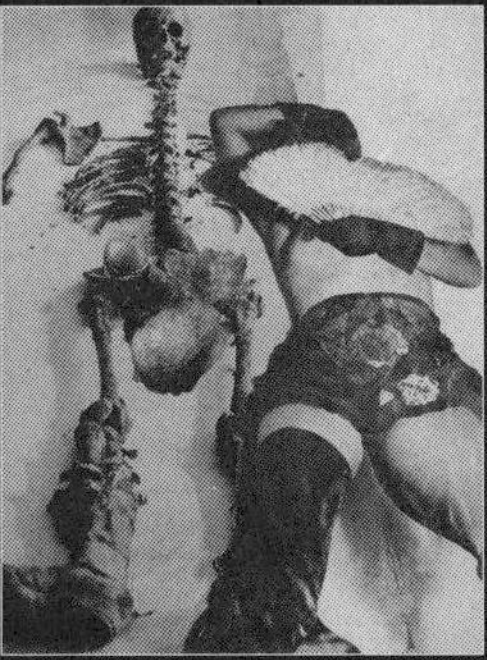

(原書にはテクストのあとにシュティルスキーによるきわめて質の高いフォトモンタージュがこの3点をふくめて合計10点収められている。だが、使われている画像の性質から、2015年春に日本で刊行される本書ではこのような紹介にとどめざるをえなかった。)

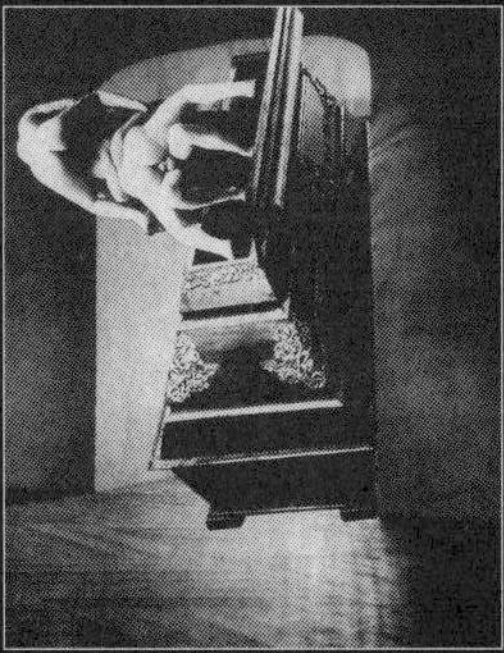

原書 奥付

★

〈叢書《エディション》69〉、第6巻、インジフ・シュティルスキー『エミリエが夢のなかで私の許にやってくる』。あとがきはボフスラフ・ブロウク〔本書では割愛〕。出版者の友人ならびに数多くの収集家のなかでも予約購読者のみに向けて、厳密に私家版として、総計69部発行された。No.1 ~ 10（13 × 18cm のフォトモンタージュ10点入り）はオランダ・パネクーク紙に印刷し、署名を入れた。No.11 ~ 69（9 × 12cm のフォトモンタージュ10点入り）は国産のジャパン・シミリ紙に印刷。

この書籍は公的に売買・展示すること、貸与その他の方法で流布させること、公共図書館に収蔵することを禁ずる。未成年者の手に渡らないように、安全な場所に厳重に保管すること。

SNY

第２部

夢

インジフ・シュティルスキー『夢（一九二五－一九四〇年）』（抄）

幼い頃に見た雑誌のカラー付録に女性の頭部が描かれていた。うっとりするようなものだった。髪はブロンドで、その青白い色合いはいつまでも紺碧の空の色を思い起こさせ、深紅に塗られた彼女の唇は湿った食道のように思えたが、静かで、わずかに離れ、何も言わないものだった。すみれ色の目は血の気のない顔のなかでぎらぎらと輝き、そこには罪と矜持と弱さがあった。この頭部は倒錯したものだったが、憐れみに満ち、呪われていたが、善意に満ちていた。それはメドゥーサの首だった。すべてが血の海のなかにあった。首からは血が流れ出ており、髪のなかには絡みあうクサリヘビがいて、身を起こし、女性の口、耳、鼻孔のなかへと入り込もうとしていた。誰がこの絵を描いたのか気にかけなかったので、その名前は記憶から消え去ってしまったが、恐怖はいつまでも留まり続けた。ぞっとするような、しかし心惹かれる恐怖。メドゥーサの首。それは私の夢に何度もあらわれることになった。この首を当時近く

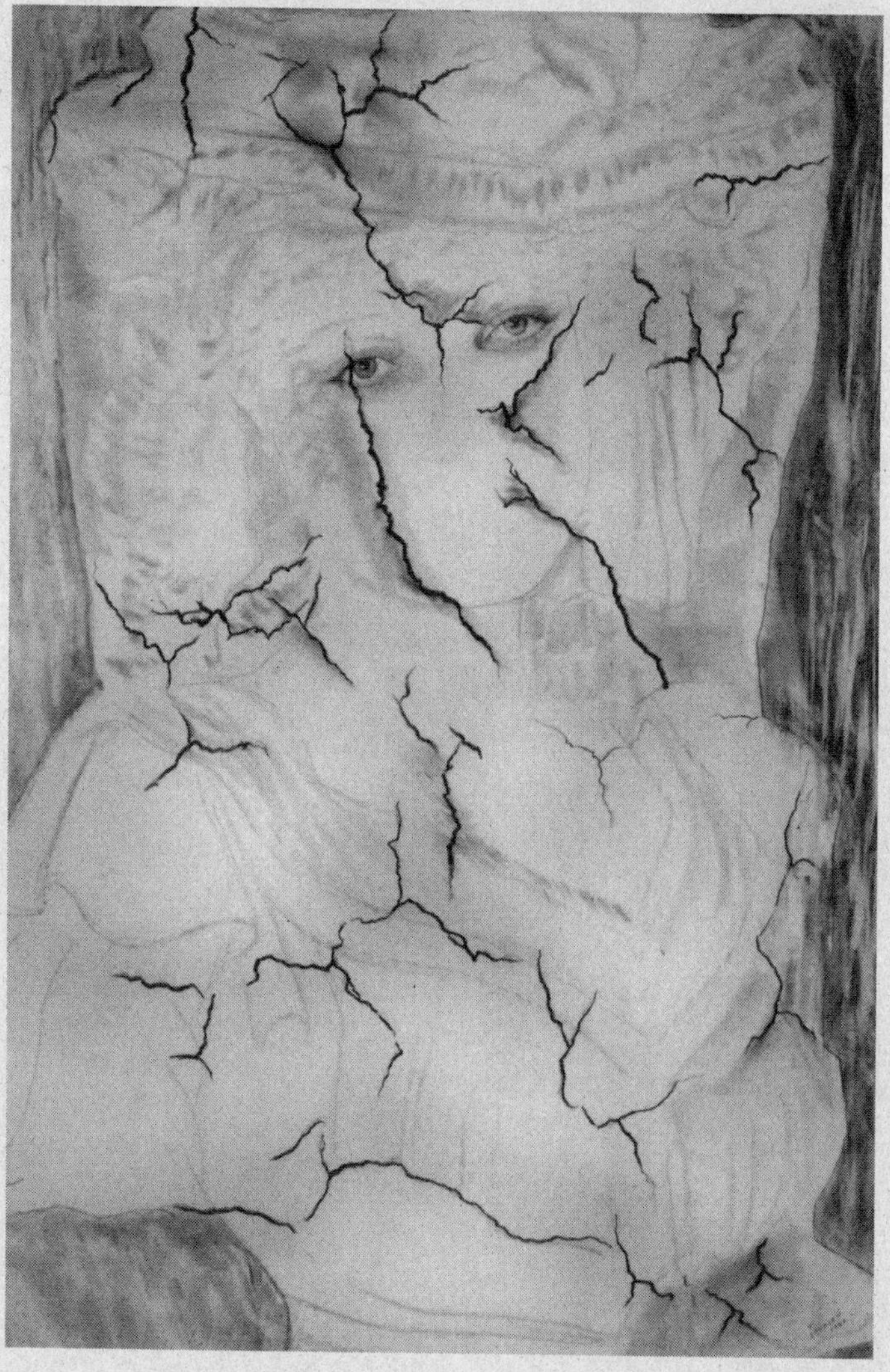

《私の姉マリエの肖像》1941 年

にいた者たち、すなわち母と姉のそれと置き換えてみたところ、姉にぴったりだった。それゆえに私は姉を狂わんばかりに愛した。姉の記憶の奥底にはいまだに彼女の死の記憶がある。彼女の剝き出しの足は痙攣を起こして硬直し、あの世への旅に出る準備をしていた。彼女は両足に拍車をつけた。この疑い深く、不実な、長い足には、ふくらはぎのかたちが美しく整った、ビアズリーの女たちの足首があった。水生植物が月明かりの下でうわごとを言うように、姉はうわごとを言っていた。断末魔の苦しみのなかで彼女は、忘我の状態にある多肉質の霊媒のように、夜の巨大な花のように花を咲かせていた。残念ながら、彼女の匂いはわからなかった。いま思い出すと、この女性はアルプスの人里離れた土地で眠る仔馬のように思える。彼女はきっといくつもの愛の方法を知っていたにちがいない。こうして私は意図することなく自分の〈幻想〉、自分の〈オブジェ＝幻影〉をつくり出し、そこに自分を固定し、この仕事を捧げている。

一九四一年五月、プラハにて

J・Š

シュティルスキーの以下の夢日記には実在する人物も登場している。そのうちカレル・タイゲ（一九〇〇～一九五一）は批評家、インジフ・ホンズル（一八九四～一九五三）は演出家、ヤロスラフ・サイフェルト（一九〇一～一九八六）は詩人（一九八四年ノーベル文学賞受賞）、トワイヤン（一九〇二～一九八〇）は画家であり、シュティルスキー、ネズヴァルと同様に、いずれもそれぞれの領域で二〇世紀前半のチェコ（スロヴァキア）・アヴァンギャルドを代表する芸術家であるといってよい。なお、このセクションの文字の配置《タイポグラフィ》は本書独自の意匠であり、シュティルスキーの原文とはまったく関係がない。　（訳者）

エミリエの夢

（一九二六年七月五～六日）

私は両親の庭にいる。玄関口の階段の前には柵で囲まれた庭地があり、赤スグリが植わっている。果樹は現実と同じように並んでいた。しかし驚いたことに、私はそこで大きな庭へと通じるバロック様式の門ともいうべきものと地下通路を見つけた。その地下通路のいたるところに滝、陶器の侏儒、小さな城、提灯があり、地面にはサラミの皮とチーズの包装紙が散乱していた。木々の間には白いテーブルが庭園カフェのように置かれていた。このすべてが本当は現実のものではないということに私は気づいている。私はエミリエといっしょにいる。不意に彼女がいなくなり、私はC……がわが家の池で水浴びをしているのを目の当たりにするが、池があるのは見知らぬ風景のなかだ。まるで彼が昨日からずっとそこにいるかのように思えた。正午だったけれど、彼は一〇時になったばかりだと叫び続けていた。私はまた庭にいるが、そこでは空中を進む一台の奇妙な自動車が木々の間を飛んでいる。その発明者、白髪の小柄な男が話をしていた。牧草地の道で私が彼の手に口づけをすると、彼はそれを奇妙な満足感を覚えながら受け入れた。それから私はエミリエに付き従っていくが、まるで自分が二十年前に彼女を棄てたかのように思えてきた。彼女は今日、明日、明後日と祝宴を催すことを私に話した。階段で私たちはキスをした。彼女は私のズボンのボタンを外し、あらゆる方法を使って私に自分の愛をしめそうとしていたが、そのとき突然、私の父親が一〇番リボルバーで、おまえを撃つぞ、と大声で言う。

エミリエの第二の夢

（一九二六年一〇月二日）

私は八歳から十歳くらいで、エミリエといっしょにチェルムナー〔シュティルスキーの生まれ故郷〕の庭で人形遊びをしている。私たちが遊んでいる人形は壊れていた。頭がないもの、脚がないもの、ほかには頭のような何かが付いているものがあった〔人形の墓地――著者の註、一九四一年〕。私がいまいるのは、幼い頃めずらしいプラムの木が植わっていた場所だが、プラムはその後萎れてしまっている。夏で、庭全体が、密集して生い茂る、長く伸びた草に覆われている。この草は湿った土地であればどこででも育つものだ。プラムの木の下は刈り取られていた。だから人びとには私たちが見えなかった。あちこちで熟れ過ぎのプラムが地面に落ちていた。庭のまわりに労働者たちが柵をめぐらせていた。私は4×35の杭が必要になると言う。私たちは長く伸びた草のなか、杭のあるところへと走っている。途中に深い穴がいくつも掘られていた。私のポケットは、花、装飾、風景、顔が描かれたカップや皿や水差しのさまざまな破片、バラの絵が刻まれたグラスの破片などでいっぱいになっている。惜しいと思いながら、破片を穴に投げ入れたが、エミリエには柵を頑丈にするのに必要なのだと言った。エミリエも何か貢献しようとして、コーン型の包み紙を解き、緑色のミント飴をそこへ投げ込んだ。それから穴のひとつのそばに座り、壊れた人形をすべてそこへ投げ入れた。穴のなかにはどこからともなく一本の杭があらわれ、乳鉢のなかの乳棒のようにダンスをすることもあれば、粉砕機のように重々しげに上下に動くこともある。

この重要な夢を記録しているのは、子供のように性交をしているという、生々しい感覚が目覚めたときに残っていたからだ。

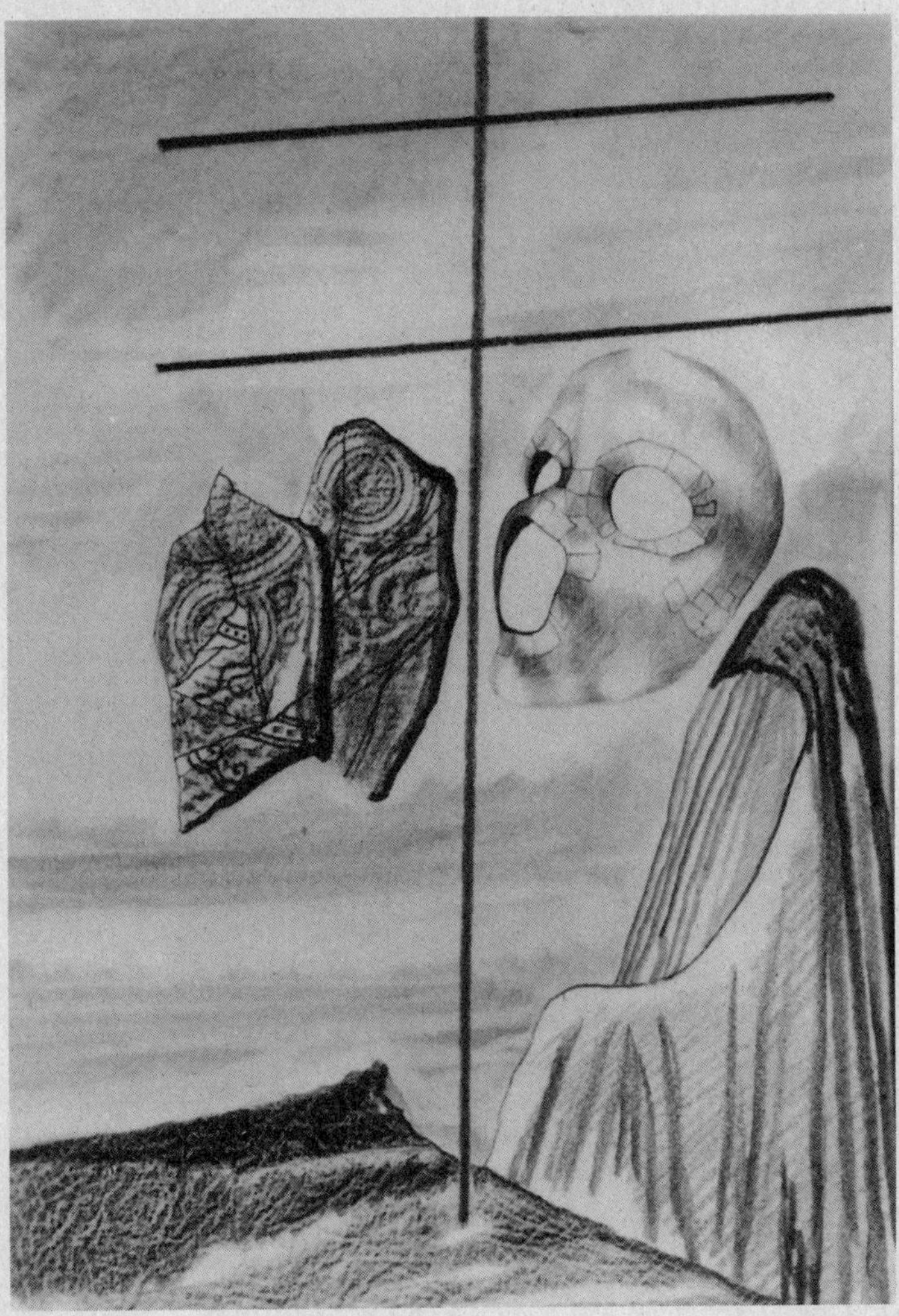

《ドローイング》1933 年

《チェルホフ山のためのドローイング》1934年

雪花石膏《アラバスター》の小さな手の夢

（一九二八年五月二五日）

……私たちは庭から走り出ていく。ヤンソヴァー婦人がいっしょにいる。夕方。誰かが追いかけてくる。私たちは部屋のなかにいる。私は急いで窓を閉め、彼女たちにも急いで隣の部屋へ行き、窓を閉めるようにと叫ぶ。同時に私は、風で閉まらないようにと窓を固定している針金を両手で取り外そうとするが、そのとき、家のすぐそばに生えている低木のなかから白く、きゃしゃな手がそっと伸びてきて、窓を閉めさせないように左側の窓枠をつかむのが見える。それから私は別の窓へと走り、難なくそれを閉めることができる。隣の部屋からも、窓は閉まっていると告げられる。安堵のため息をつき、エミリエに言う、それはまちがいなく雪花石膏《アラバスター》の小さな手だった、と。

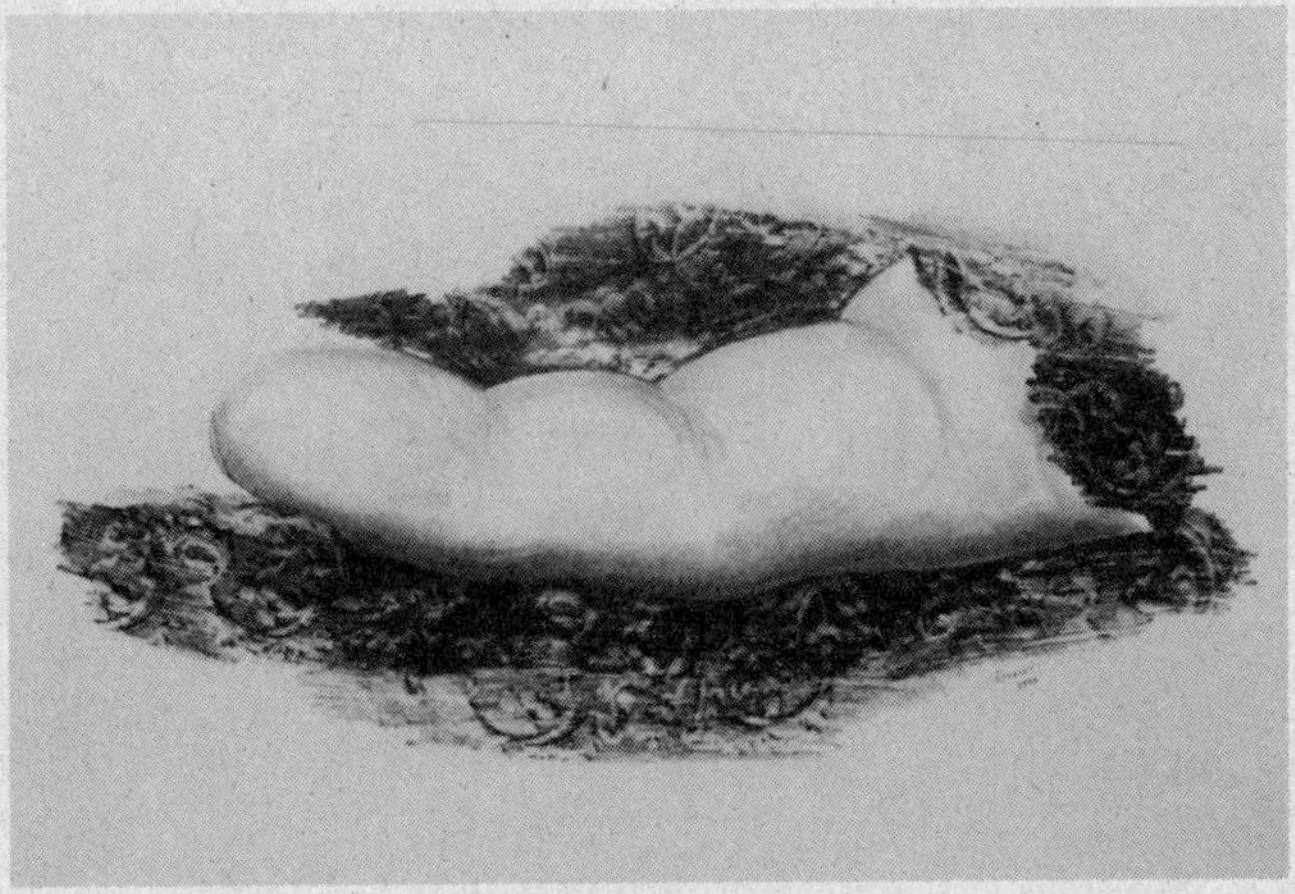

右上《雪花石膏《アラバスター》の小さな手》1940 年
右下《雪花石膏《アラバスター》の小さな手》1940 年
上　《夢の記録》1940 年

エミリエとマルタの夢

（一九三一年）

私はペトロヴィツェ〔プラハの一地区〕の小学校の理科室にいる。古いコンパスを直している。窓から果樹の養樹園を、葉の落ちた林檎と梨の木の枝で咲き誇る花々を見ている。うららかな春の日で、養樹園の裏の畑では老女たちがジャガイモを植えている。隣の教室の騒音が――理科室はドアひとつで教室に通じている――私を煩わせる。医学の原則か何かをひっきりなしにくり返す女の声、そして大腿骨をめぐって議論をするふたつの声、そして静寂。私は記録簿に円を描こうとしているが、いつまでも続く静寂がそうさせてはくれず、理科室から暖かい、からっぽの教室へと入っていくと、後ろの長椅子にマルタとカレルが座ってキスをしている。ふたりはばつの悪そうな顔をして、私にここにいるようにと言う。カレルとキスをしていても、マルタは私が好きなのではないかという気がする。私は、雪にすっかり覆われた窓へ、真向かいに鉄のポンプがある庭へと目を向ける。子供の頃このポンプが凍り付くと、そのなかに熱いお湯を注ぎ込んだ。雪で覆われた柵の前にある、雪で覆われたこの緑色のポンプは私を哀しみでいっぱいにする。そのそばに毛皮のコートを着たエミリエと私の知らない誰かが立っていて、こちらに手を振っている。私は、いま行くよ、と叫んで、廊下に通じるドアを開け——寒さが私に平手打ちをする——、橇に腰を下ろし、その知らない誰かとエミリエとともに去っていく。

氷のなかで凍った少女の夢

（一九三九年）

右上《氷のなかで凍った女 Ⅲ》1939 年
右下《氷のなかで凍った女 Ⅱ》1939 年
上　《氷のなかで凍った女 Ⅰ》1939 年

ヘビと驚くべき梨の夢

（一九二五〜一九三〇年）

半眠状態のときでも夢のなかでもしばしば私は、引き裂かれ、内臓が抜かれ、末端《しっぽ》のなかが空洞のヘビに追いかけられた。ない――つながった鎖《チェーン》のような――ヘビであることもあれば、頭のないヘビであることもあった。しばしば怖くて目覚めてしまった。

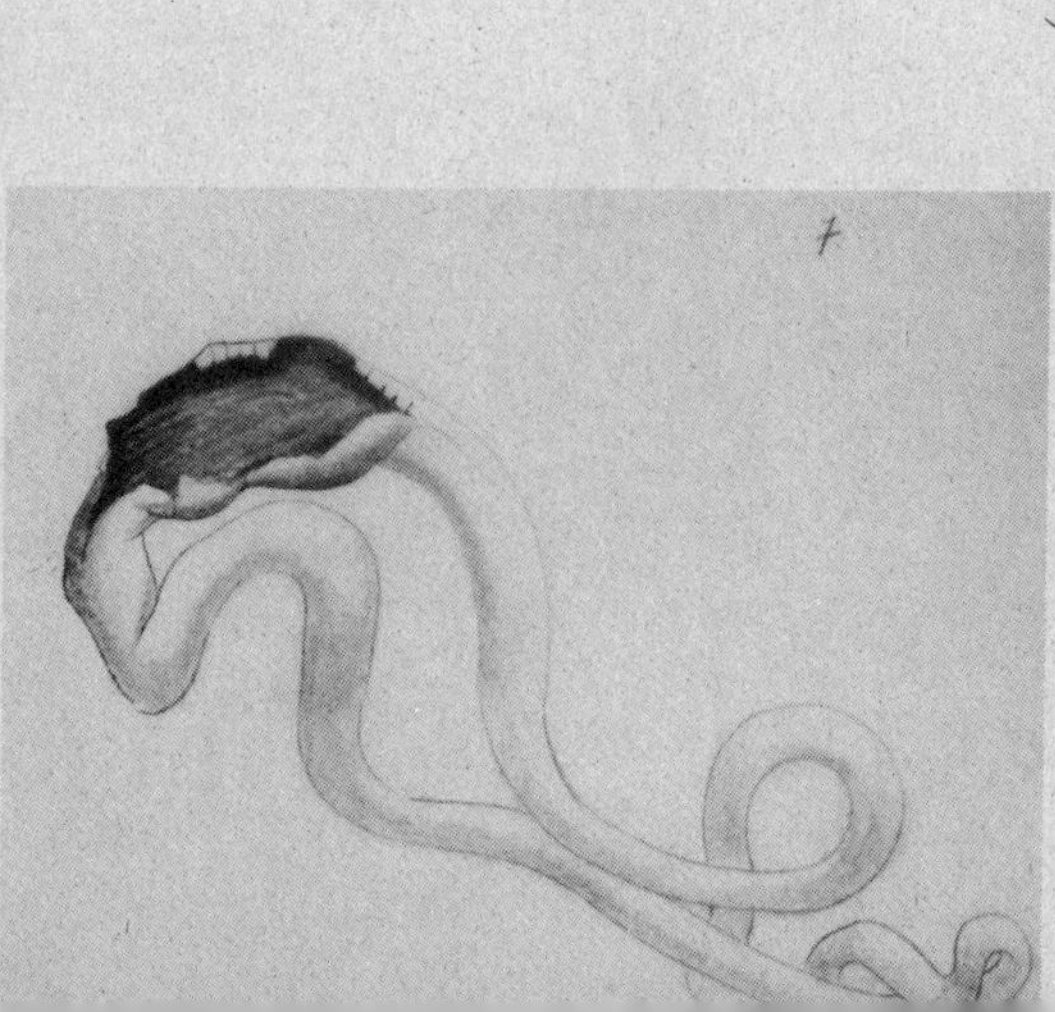

《ヘルマフロディトス》1934年

なにしろ首のまわりに巻き付いてしまっていたからだ。私は喉を締めつけられたが、肌ざわりは悪いものではなかったし、触れているという気持ちだった。へびはさまざまな場面にあらわれ、そのときいっしょに梨もあらわれた。私はそれを「驚くべき梨」と呼んだ。両者の外観には密接な結びつきがあるにちがいないと思っている。

《末端《しっぽ》のないヘビ》1931年

二匹の小さなヘビの夢

（一九三四年）

のちに梨は消え
去り、一匹
のヘビではなく、
二匹の小さな
ヘビがあらわ
れて、私の前で
ダンスをし、時折
たがいにキスをする

ようにもなった。一
方が緑色で、も
う一方が赤だ
った。その
後、小さな
ヘビたちは私
の眠りから消え
去った。

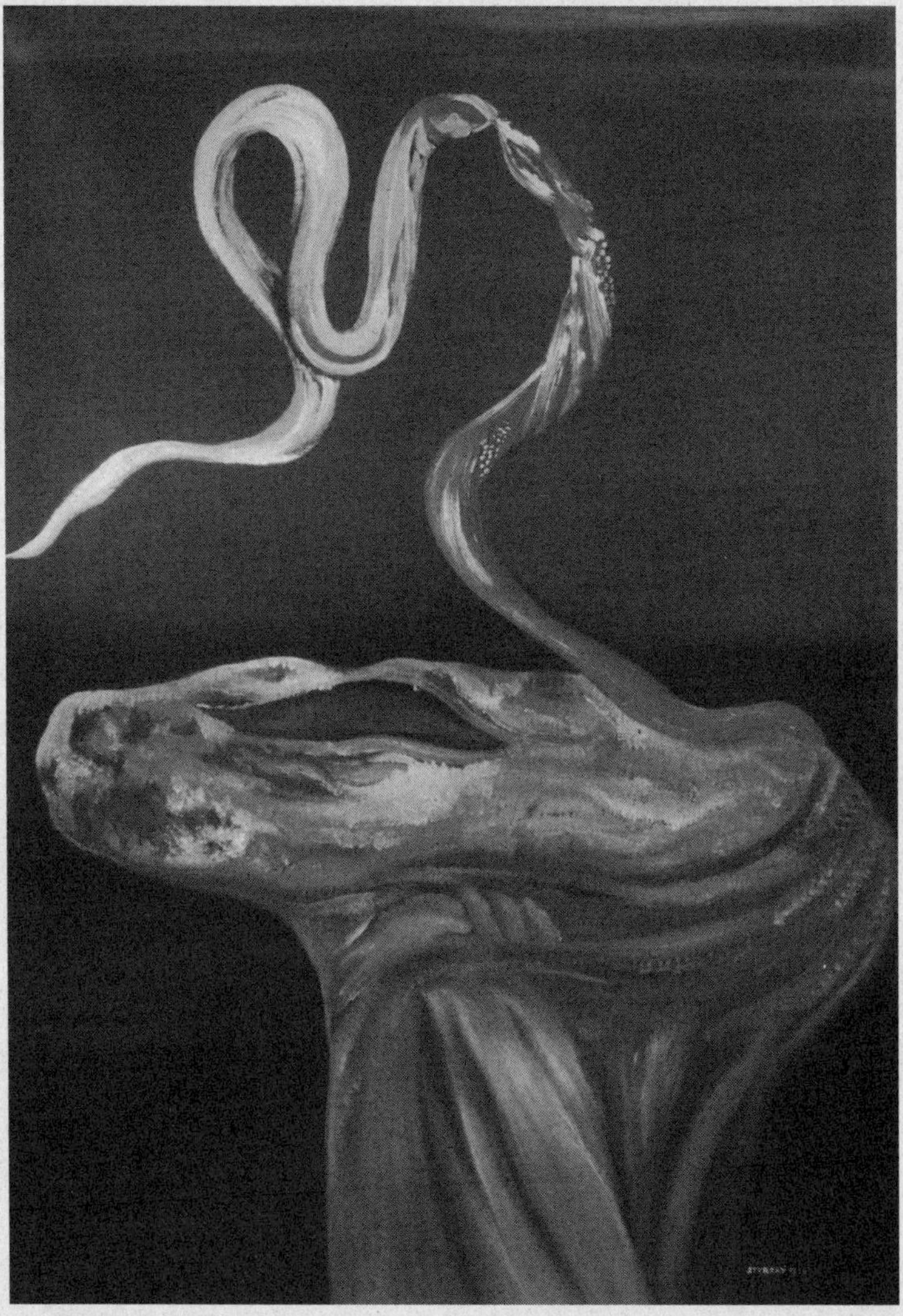

《人間＝烏賊》1934 年

ヘビたちの夢

（一九四〇年）

一九四〇年になってまた別のかたちでヘビがあらわれた。私はドローイングによる最初の夢の記録を残してある。

《ヘビたちの夢 I》1940年

テンの夢

（一九二五年）

夢のなかで私は海の岬を散歩していた。岩が風変わりな小道をつくっていた。ぶらぶら歩いていると、テラスとブドウの蔓に装飾された四阿《あずまや》がある、今風の大きな屋敷に行き着いた。月明かりのもと、そこはパリのオペラ座の舞台裏のように見えた。四阿で眠りたいと思い、塀を乗り越えた。眠りかかったとき
二階の鎧戸が開いて私を邪魔した。二階から放たれる光を受け止めたのは
青々と茂った

椰子の樹冠
だった。そこにこの光は呑みこ
まれていった。窓から女性がひとり身を
乗り出していた。年齢はわからなかった、とい
うのもあらわれたのはシルエットとしてだったから
だ。過去の流行に合わせて束髪に結ったその髪は変わ
っているように思えた。ようやくわかったのは白いとい
うことで、彼女が動くと、髪に編み込んだリボンに縫
い付けられている小さな真珠たちがキラキラ光るの
が見えた。婦人は窓から身を乗り出し、静かな
声ながら叫ぶように言った、「夜が終わっ
たら箱を取りもどす」と。その
とき上の椰

子の樹冠か
らよくあるような歌のメロディ
が聞こえてきた。声のするほうに目をや
ると、巨大なオランウータンがヴァイオリンを
弾いているのが見えた。オランウータンは子供の手
のかたちをした奇妙な把手の付いた深紅の小箱を革紐
でぶら下げていた。椰子のそばに立っている木の枝に大
きなテンが座り、古い博物誌の挿絵のように、まるで
歌に魅了されているかのように頭を高く上げていた。
それは皮を剝がれていた。首の毛は生肉に変わ
っており、そこにはローストされるウサ
ギのようにベーコンが挟み込ま
れていた。

《テンの夢 II》1940 年

ヴィーチェスラフ・ネズヴァルの夢

（一九二八年五月二五日）

……父と母にパリで私の身に何が起きたのかを話している。父は取り引きか何かのためにベルリンに行かなければならない——レ・アル地区で私は誰か（トワイヤンだと言うつもりはない）を捜している。建物のひとつに近づき、ドアを開け——狭い——広間へと入っていく——誰も——二階には誰も——暗闇——上階へと行き、誰も——私は咳をする——こんにちは、と呼びかける——誰も——四階に上がると、私は恐怖にとらわれ、大急ぎで下に降りる——誰も——空白——わからない—

——同じ家の前に、敷石で舗装した、小さな広場（カフェ〈黒人《ウ・モウジェニーナ》〉があり、これについて私は、部屋のように大きい、と言う。櫃のなかに、棺のなかにネズヴァルが横たわっている——ふたたび（私は誰かといっしょに同じ家から去っていく）男が、この太っちょ、酒好きだ、と言う——ネズヴァルは横たわっている。小さな棺、折り曲げた両脚。誰かが片脚を手に取り、一本ずつ折って、置く——靴を履いた足を脇に抱えて——

——どういうわけかカレル・タイゲがあらわれる——そのまえに誰かが、どうやら私と一緒にその家を後にした男が、ネズヴァルのズボンのポケットのなかを探している。だが探し物はそこにはなく、札入れのなかにようやく見つける。ネズヴァルは生きているようだが、横たわったままでいる。しかし、その手は札入れをわたそうとはしない。タイゲが言う、取り上げないといけない、お金といっしょに埋めてはいけない、と。ここで私は目覚める。

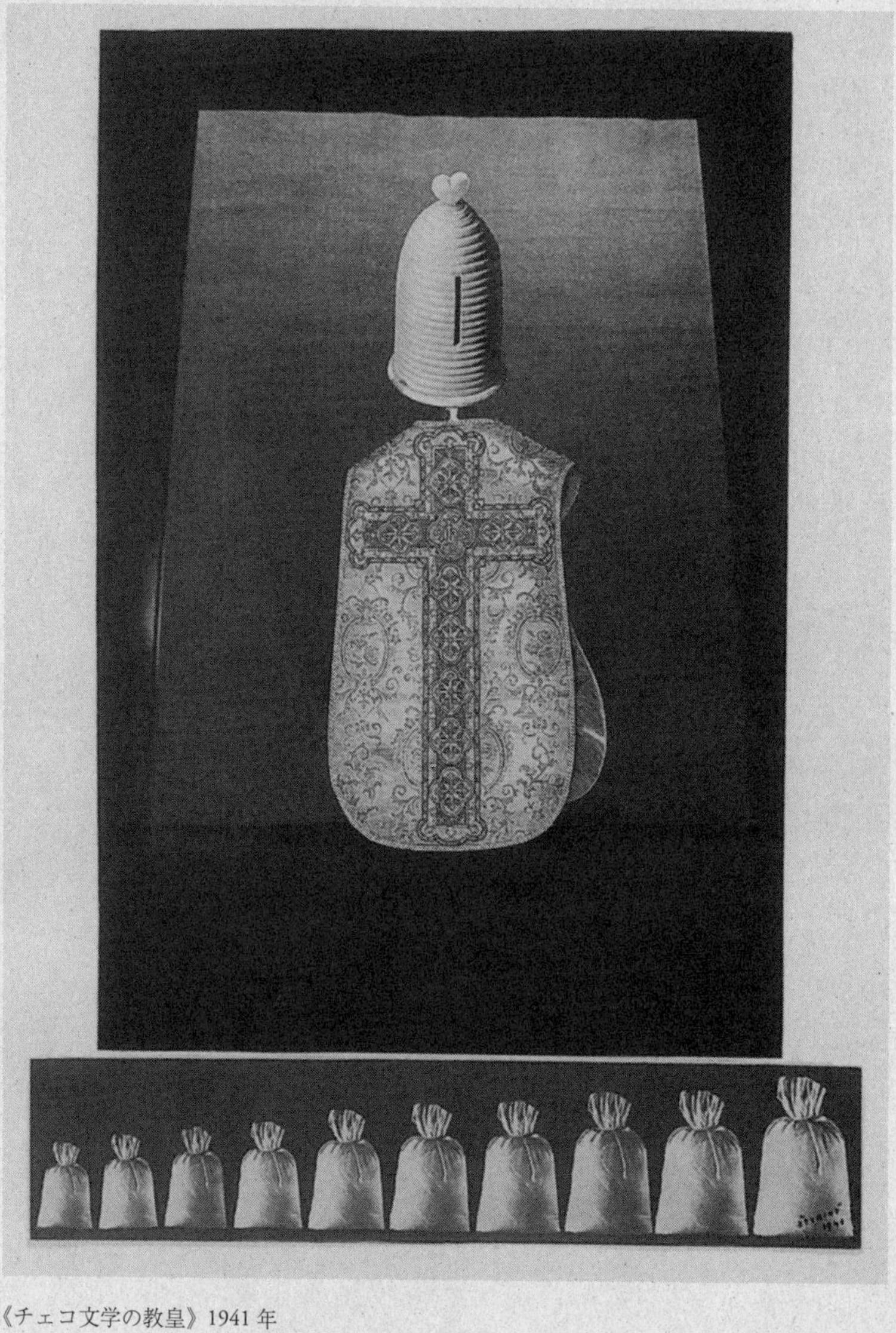

《チェコ文学の教皇》1941 年

刺青をした赤ん坊の夢

（一九二九年六月三日）

私はインジフ・ホンズルとともにヴェルムニェジョヴィツェの宿屋〈ウ・ブジショヴィーフ〉のダンスパーティに来ている。楽しんでいる。私たちにたいして陰謀が企てられている。こっそり逃げ出したいと思う。夜になって庭、砂糖大根畑、ジャガイモ畑を通って逃げていく。森のなかで灌木に身を隠す。

私とホンズルは納屋だか体育館だかの真ん中にある柱だか梁だかに縛りつけられている。まわりでは乱痴気騒ぎがくりひろげられ、十歳から十二歳ほどの〈刺青をした少年たち〉が踊っている。彼らは棒や棍棒で武装し、私たちを威嚇する。彼らのなかには〈猥褻《ポルノグラフィック》な絵の刺青をした〉赤ん坊たちも見える。

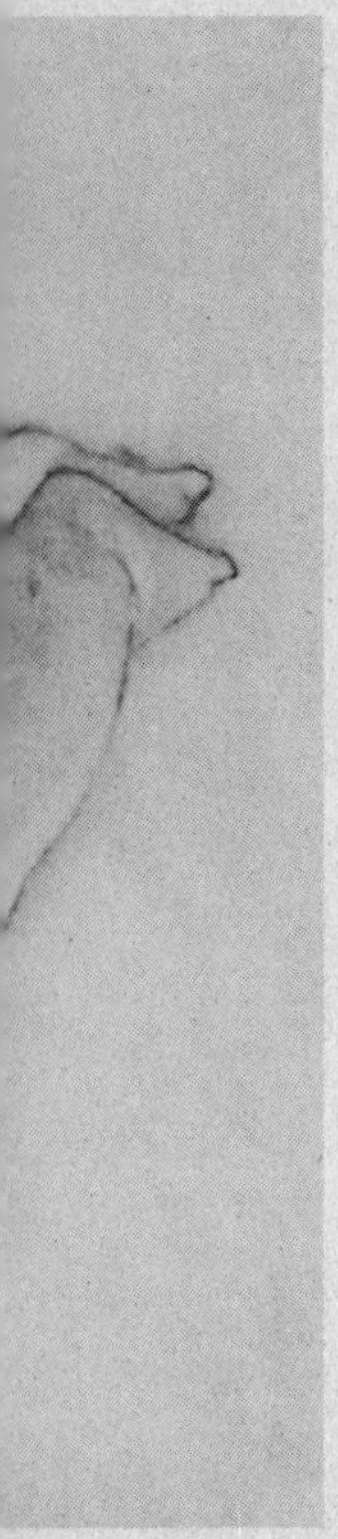

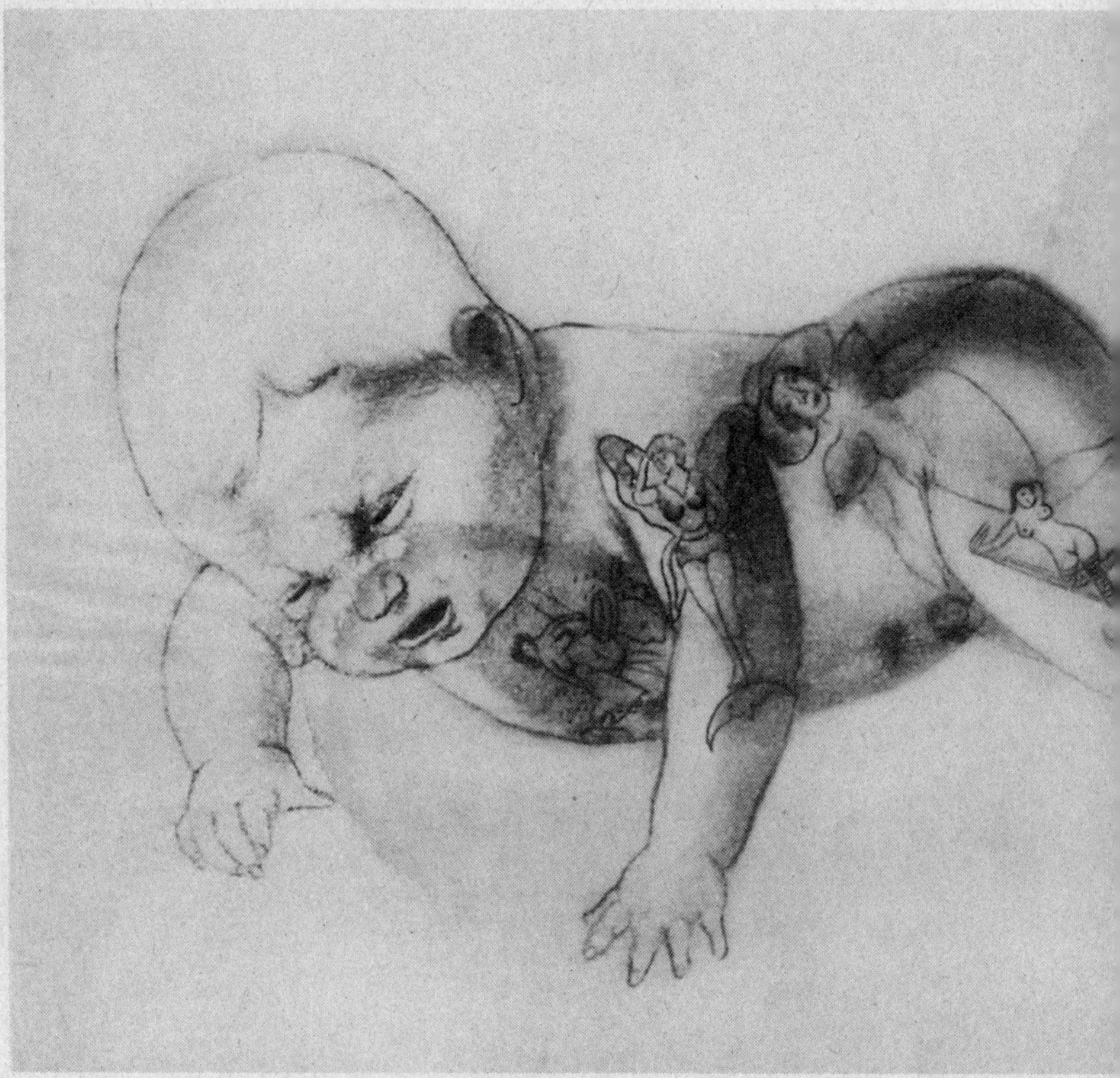

右《ブドウの房》1934 年
左《夢の記録——復元》1940 年

蝶の夢

（一九三二年——一九三七年にもほぼ同じ夢）

私は草の生えた畔（チェルムナーの？）で横になっていた。不意に目に入ったのは、私のまわりで蝶たち（モンシロチョウ）が花々へと舞い降りてくるところで、その胴体には、まるで標本コレクションから逃げてきたかのように長い針《ピン》が刺さっていた。私がそれに気づくよりも前に、蝶たちが群れをなして飛んできて、私の手や顔に群がると、やがて全身を覆い尽くし、針を突き刺した。私は痛みで目覚めた。ことによると私は窒息させられもしただろう。

《北極》1939 年

《コラージュ》1940 年

ヤロスラフ・サイフェルトの夢

（一九三四年七月二二日から二三日にかけての夜、ホテル〈プロコップ〉、シュピチャーク・ナ・シュマヴィエ）

黄昏時を迎える。私たちは恐ろしい森のなかを歩いている。トンネルのようなところを通って石切場へと向かっているが、出口がない。夜で、月が輝いている。年齢も性別もわからない子供が走っており、岩を飛び越える。私は心配になり、この子はもう歩けないのではないかと思う。喉が渇いた、と子供は叫ぶ。ヤロスラフ・サイフェルトの子供だ。ウラが四角いグラスで水を持ってくる。田舎でワインを飲むときに使うグラスで。サイフェルトは怒っている。子供たちはいつでも果汁といっしょに水を飲むべきだという。彼は子供を捕まえ、鵞鳥に餌をやるときのように膝のあいだに抱え、たった一振りで首を切り落とす。それから私たちのところへやってくる。

両手で子供の小さな頭を締めつけている。私にはそのすべてが可笑しかった。サイフェルトの身ぶりには手品師《サロン・マジシャン》を思い出させるものがあった。彼は私たちにしなびたレモンを見せる。ウラはグラスを差し出し、このレモンはよく絞るようにと彼に言う。夜なので、私のチェコ詩人アルバム用にサイフェルトの写真が撮れないことを残念に思う。

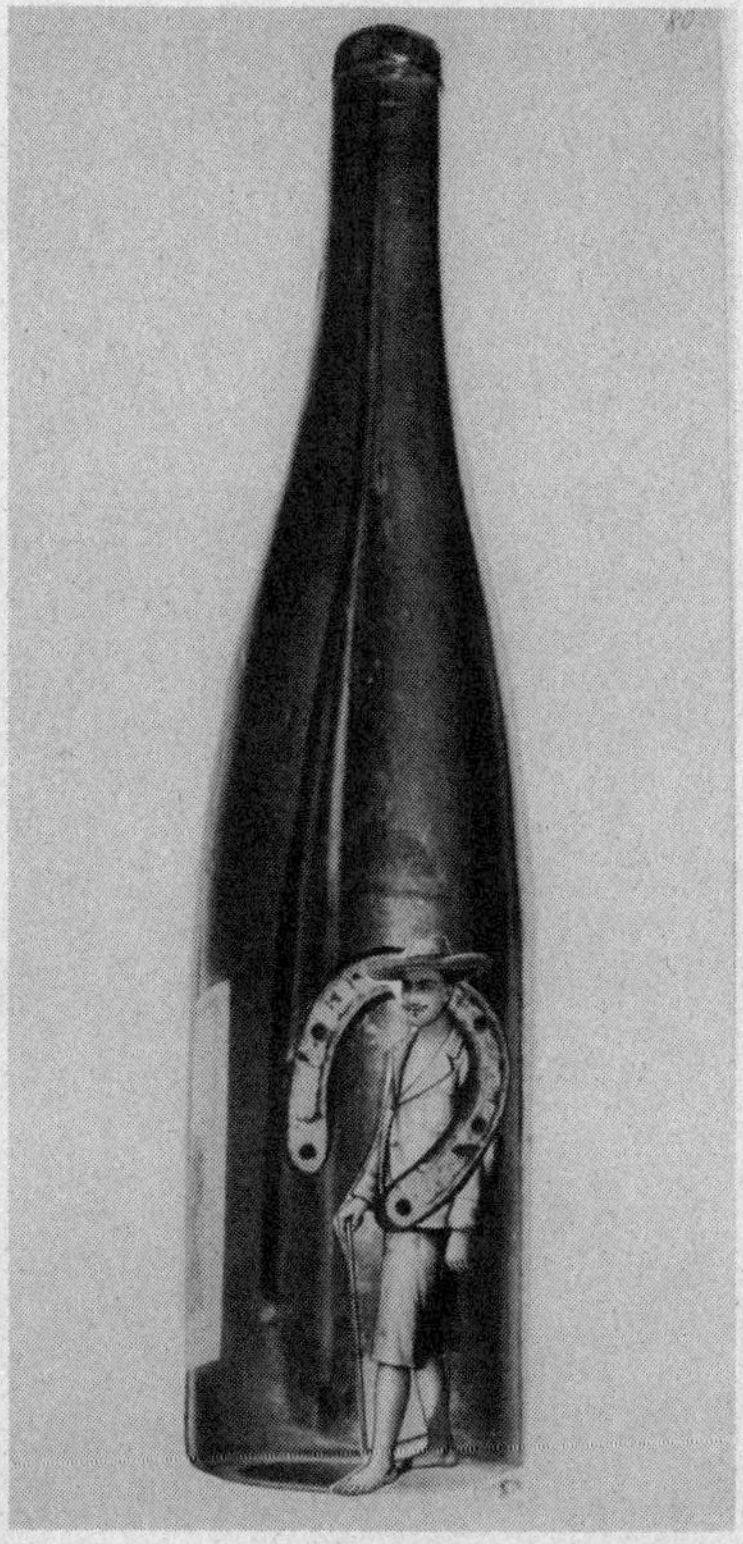

《ヤロスラフ・サイフェルト》1934年

乳房の夢

（一九三四年一一月二八日）

――そのなかで母乳がどんな状態で、どんな音を立てているのか、耳を傾けてみなさい――

《パリのクリュニー美術館の庭の写真》

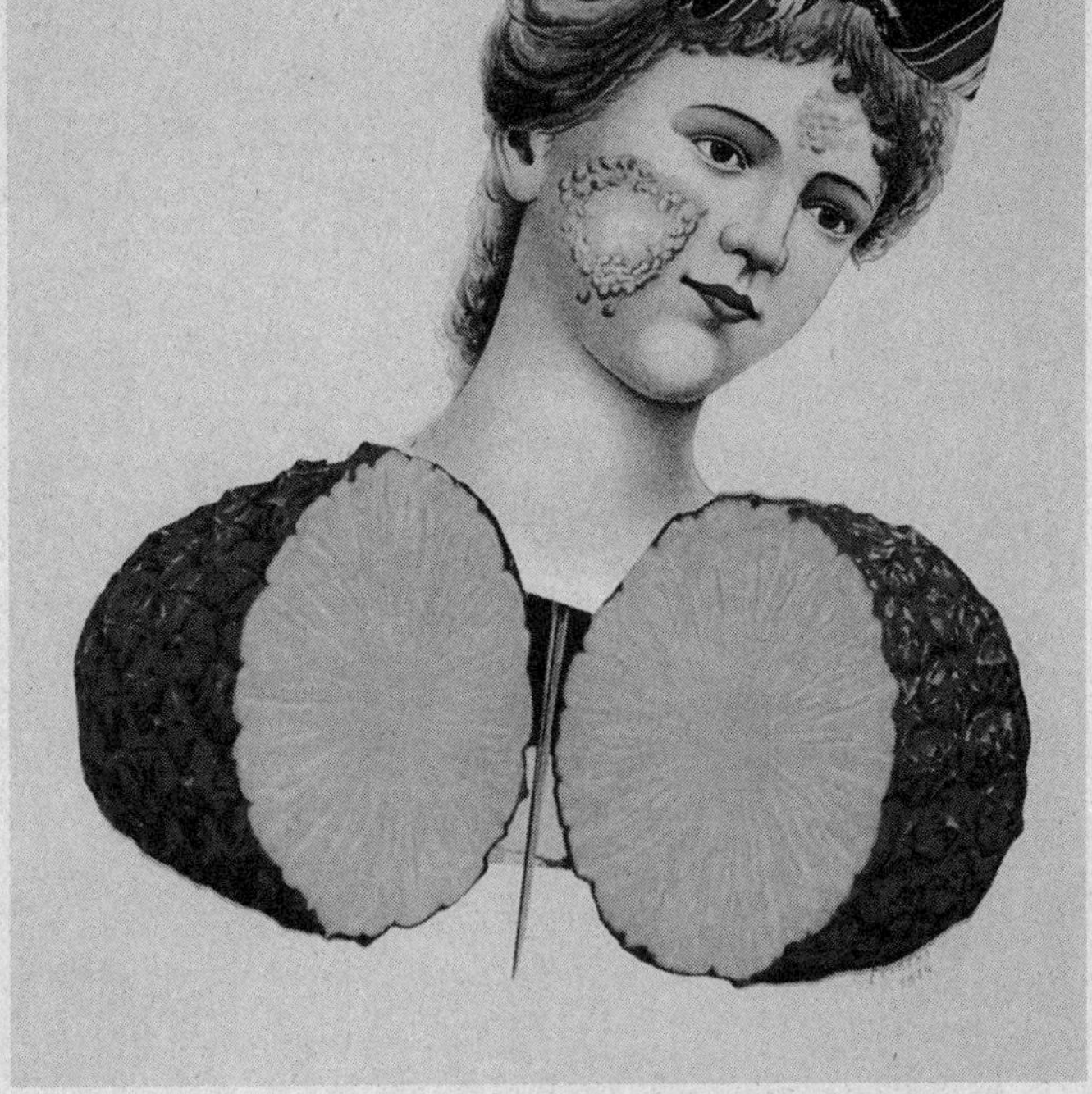

《コーヒー人形 I》1934 年

《自由の女神》1934年

スカトロジーの夢

（一九三四年）

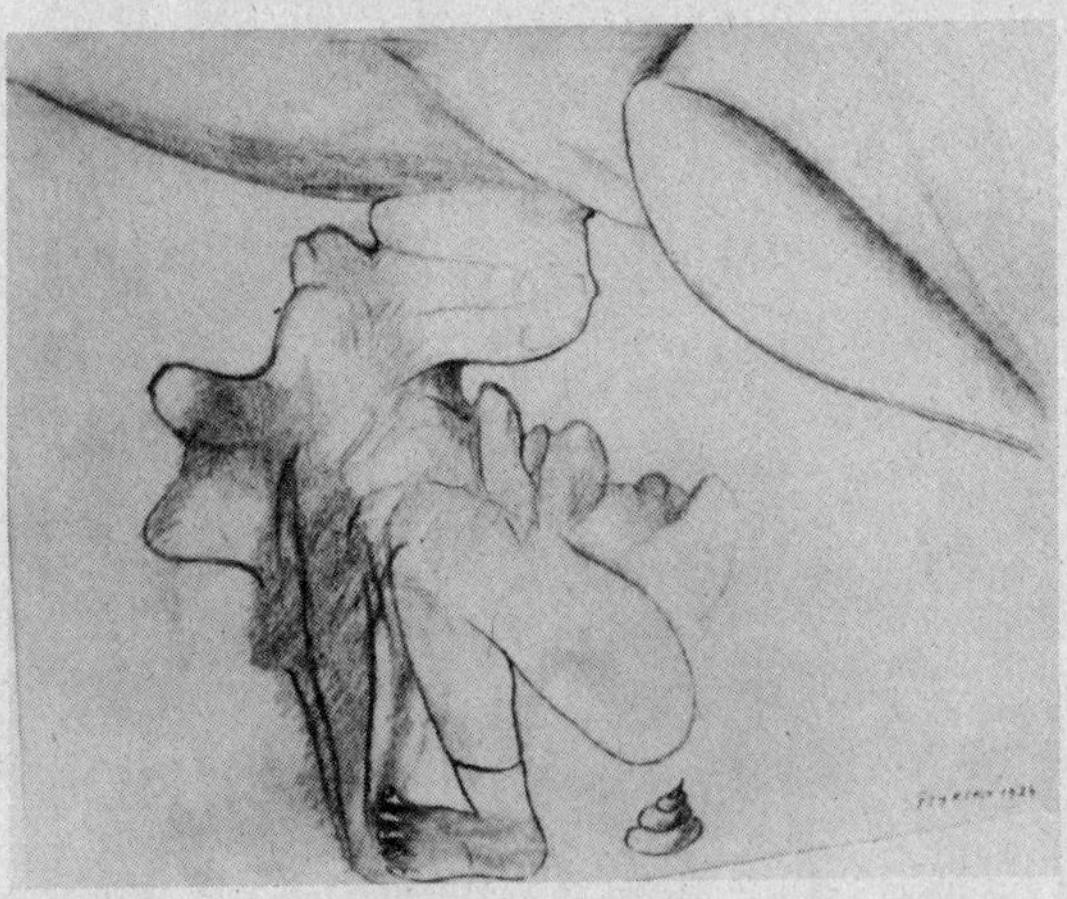

上《スカトロジーの夢の記録 Ⅱ》1934 年
下《スカトロジーの夢の記録 Ⅲ》1934 年
左《流れ出る人形》1934 年

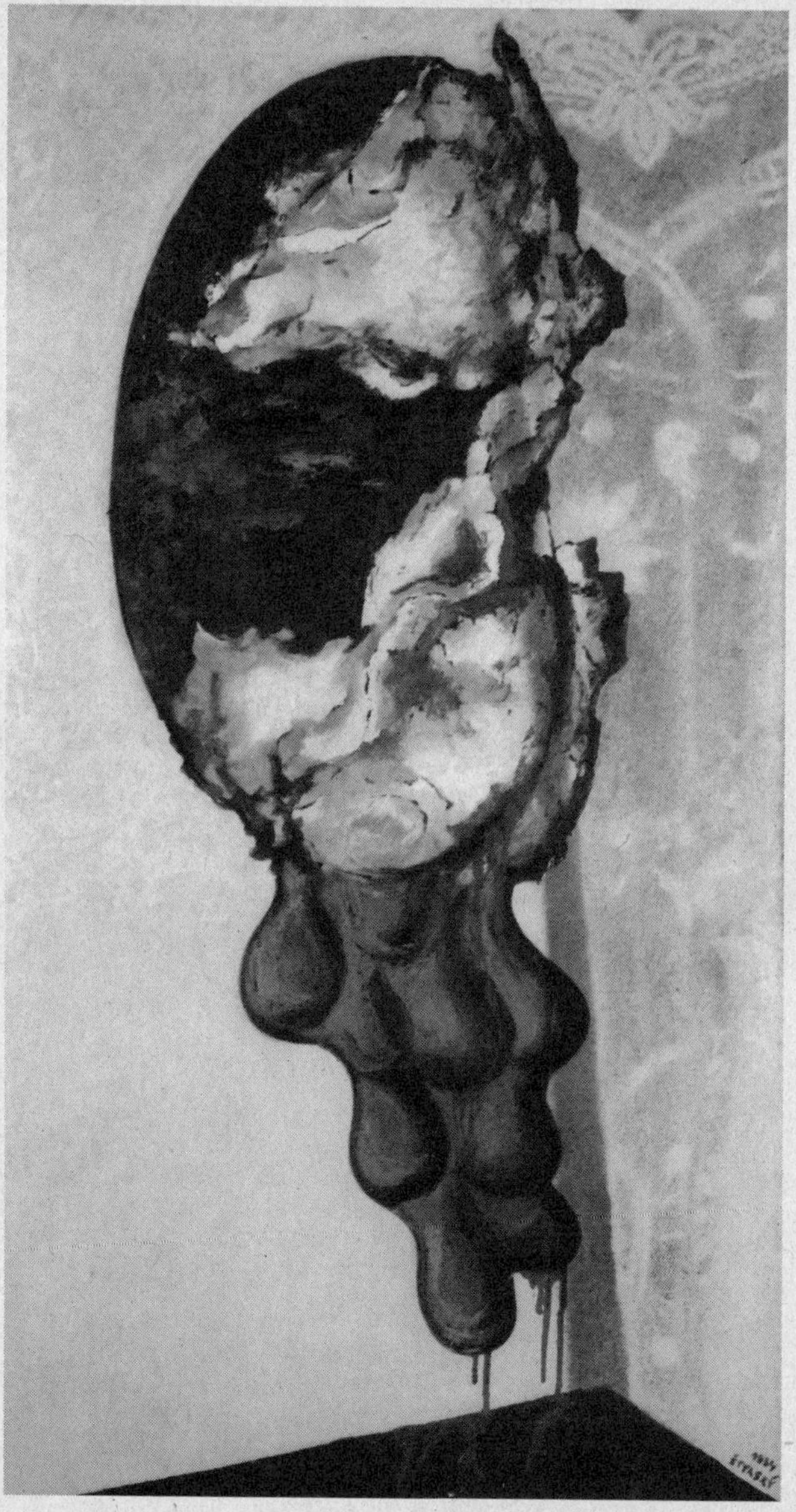

本の夢

（一九三七年）

私たちはパリにいて、プラハへ帰る準備をしている。出発前に古本屋を覗きたくなる。トワイヤンに、列車の長旅のお伴になるように、何か本を見つけてきてあげようと言う。河畔に来ると、古本屋がいつもの場所からいなくなっており、パリのいくつかの橋のたもとに彼らの陳列棚が置かれていることを知る。

橋もまたいつもの場所にはなく、数が増えている。ようやくおもしろそうな古本屋をいくつか見つける。そのひとつは地面に多くの本を置いている。「新入荷」と書かれている。本を漁って、最後に変わった判型の——縦に細長い（15×35cmくらいの〔著者の註、一九四一年〕）——本を三冊見つける。一八世紀のもので、熱帯の植物、椰子、樹木を描いた、とても美しい彩色版画が豊富に収められている。それらを買い、この古本屋が考え直さないように急いで先に進む。彼を騙したような気がしている。列車に乗り遅れないようにということも考える。トワイヤンはもう駅に行っているにちがいない。しかし、ノートルダムやよく買い物をしたなじみの古本屋のひとつにも立ち寄らないわけにはいかない。その古本屋に行き、古い装幀本を適当に一冊引き出した。見ると、表紙に押しつぶれた耳があり、列から本を抜き出すと、元どおりのかたちになった。私の後ろに座る店主をこっそり見てみる。彼の前には椅子があり、水の入った洗面器が載っていた。彼は本棚から耳のある本を次々に抜き出して、耳の埃を取った。それから耳を洗い、最後にきれいなタオルで拭いた—

——耳は花開いた——

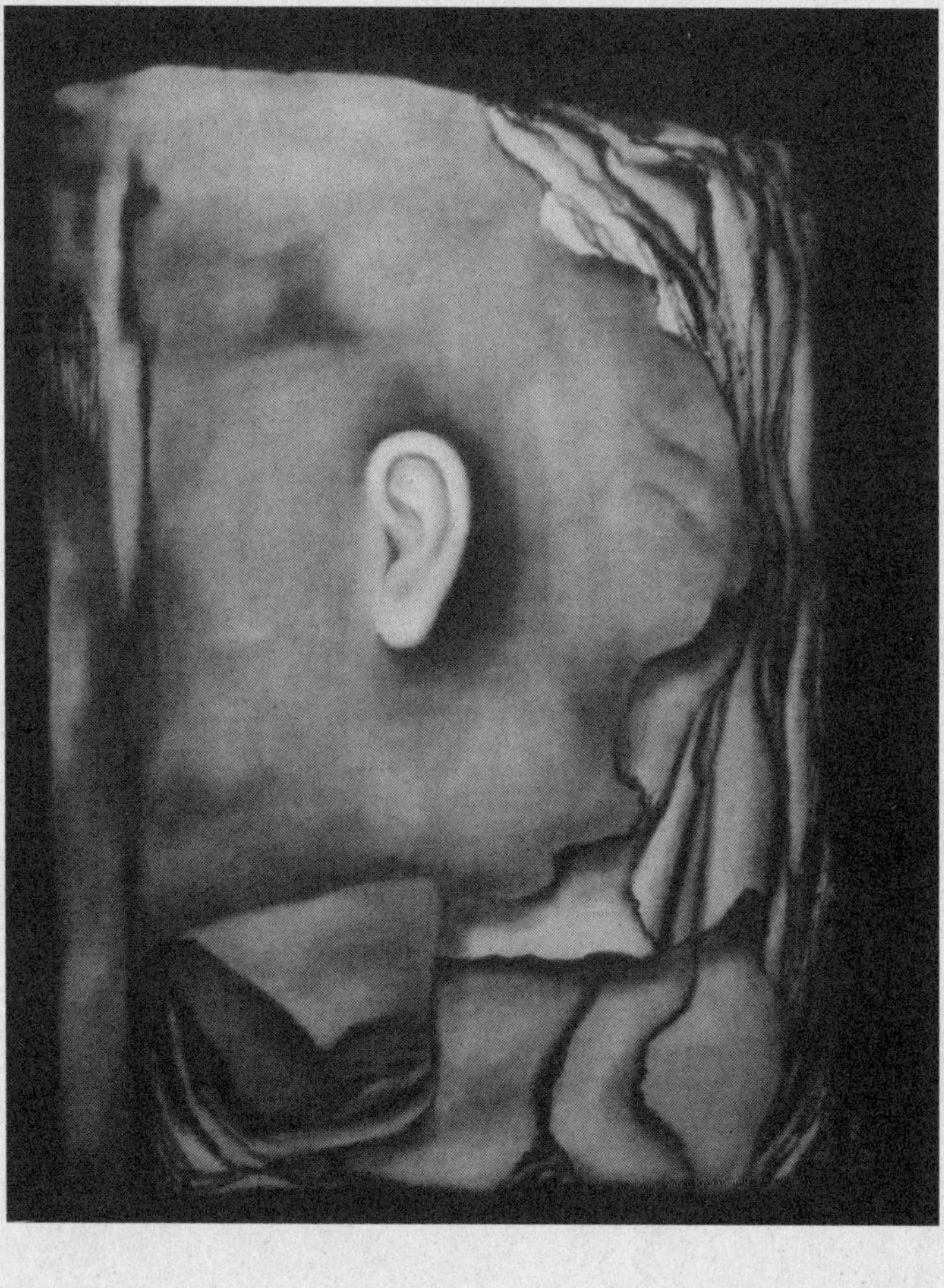

《賜物》1937 年

打ち捨てられた家の夢

（一九四〇年夏）

私は古い、打ち捨てられた家を前にしている。漆喰が塗られておらず、石のみでできている。窓とドアは板で塞がれている。まわりを歩いて、後ろに入口がないか確かめている。家の三方を見て回ったところ、庭に面している東側の壁から女性の足が突き出ているのが目

に入る。まるでそこに女性が埋め込まれているかのようだった。一方の
足はストッキングと靴を履き、もう一方は骨まで齧られている。
私は家のなかに入りたいと思う。熊たち。私は窓の目板を
剝ぎ取り、家のなかへと入り込む。それから窓を塞ぎ、
安全になったことをよろこぶ。ベッドに横にな
り、眠る。——私が夢から目覚めるのは、
何かゴロゴロいう音がするからだ—
——たぶん規則的な呼吸の音。
部屋は明るく、私の頭上、
ベッドの上方の隅
に、巨大な蜘
蛛の巣
が

V. ユゴーの挿絵《幽霊屋敷》

何
百年も
前からあるか
のように密集して
いる。蜘蛛の代わりにそ
こにいるのは二匹のつがいの蛙
——深呼吸している——

一九四〇年の附記。私は長年にわたって春になるとV・ユゴー『海の労働者』を読み返し、翻訳と、木版印刷で複製されたユゴーのイラストが入った原典（*Les Travailleurs de la mer*）を比べてきた。夢はどうやらV・ユゴーの絵《幽霊屋敷》に由来しているようだ。

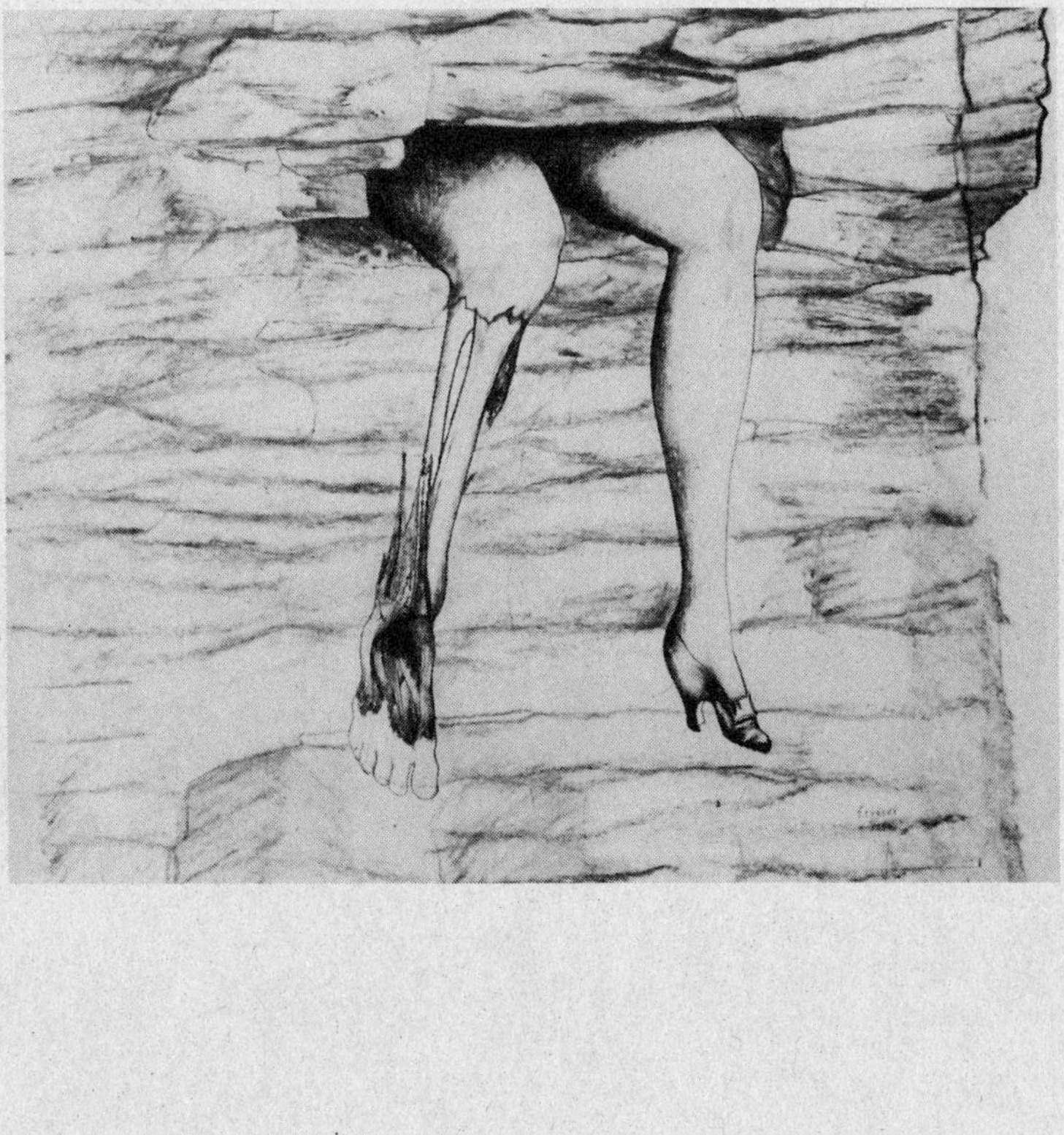

《打ち捨てられた家の夢》1940 年

魚の夢

（一九四〇年）

右上《魚の夢 II》1940 年
右下《魚の夢 III》1940 年
上　《魚の夢 I》1940 年

水掻きのある手の夢

（一九四〇年一二月二七日）

ウィーンの城館の広間のなか。天井の高い部屋。白く塗られた、背の高い、閉じたドア。錠前は――ふつうとは違い――ドアのなかほどの高さではなく、ずっと上のほう、天井の近くにある。ドアにはおそらく錠が下ろされている。誰かが外から城館のなかへと入ろうとしている。錠前が落ち、隙間から手があらわれ、その指が水掻きでつながっている。

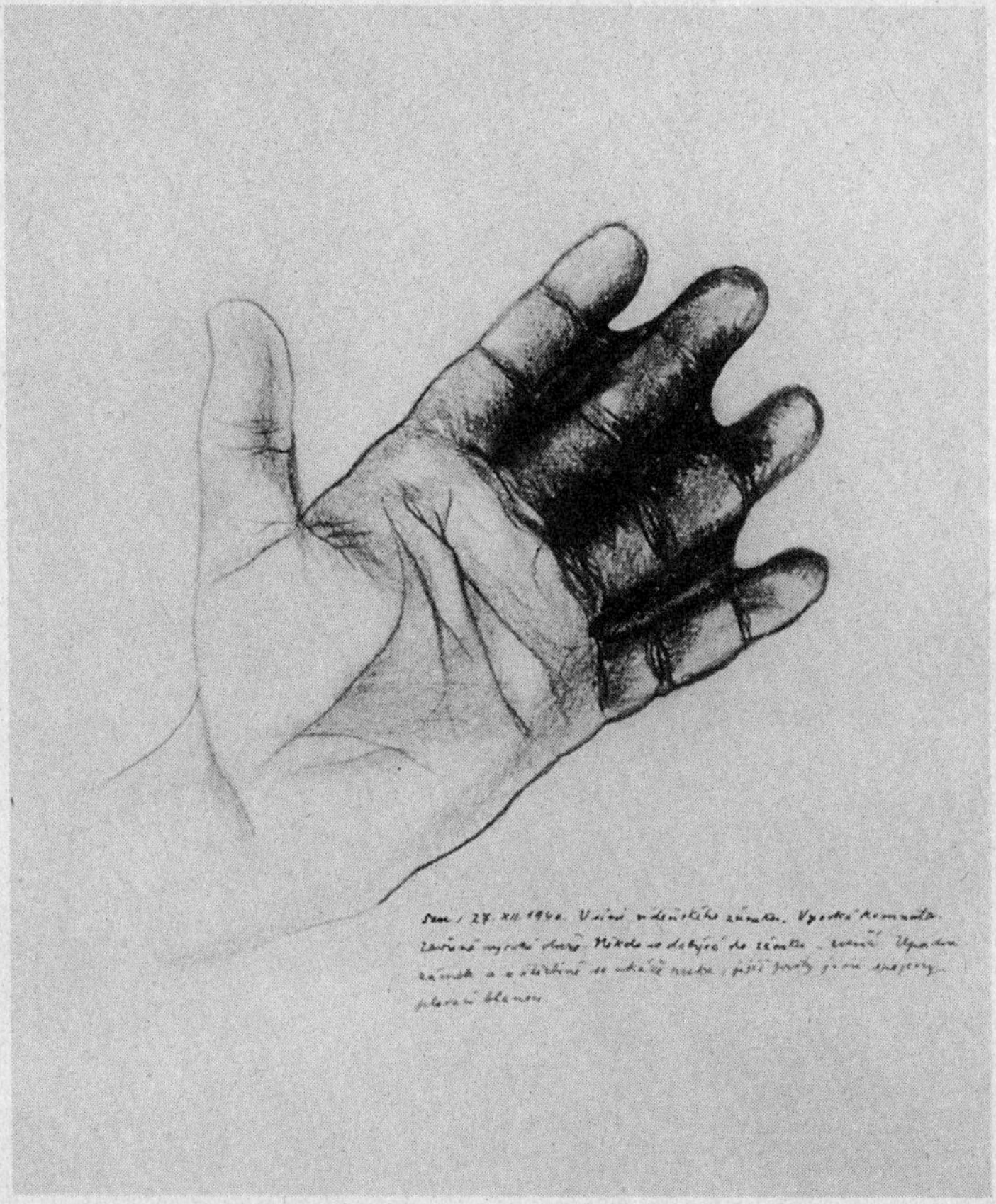

《夢の記録》1940 年

ヴィーチェスラフ・ネズヴァル『私の人生より』（一九五九年）（抄）

トシェビーチにて

トシェビーチ（Třebíč）はネズヴァルが中学高校《ギムナジウム》の生徒として過ごした街で、『性の夜想曲』の舞台の街〈T……〉のモデルと考えられている。物語の前半に出てくるエピソードが以下で語られている思い出にもとづいていることは誰の目にもあきらかだろう。なお、この見出しは今回あらたに付けたものであって、原文にはない（つぎの抜粋も同じ）ことを断わっておく。（訳者）

トシェビーチを去り、戻ってくるのは束の間の連想のなかでのみとする前に、スタジェチカにあったトシェビーチのスケートリンクについてはある程度語っておかなければならない。冬が来て、毛糸の帽子が動員されるようになると、イフラーフカ川の近くの辺鄙な場所では青っぽい反射光がきらきらと輝いた。アーク灯の光に照らされたスケートリンクで、若いカップルでにぎわっていた。エッジが氷を激しく擦って、スケートが氷の鏡にさまざまな絵を残し、そのきらめきによってスケートリンクをよりいっそう明るく、よりいっそう陽気で楽しいものにしていた。手すりの上で音楽が奏でられると、老人たちが広場の上方からスケートリンクの柵のほうへとやってきて、そこに遊歩道ができた。男の子がいちばんお気に入りの女の子にスケートの金具を付けてあげるのが習慣だった。私がスケートの金具を付けてあげたのは、背が高くて、きゃしゃなブロンド娘のヴラスチチカだった。彼女は私の下宿の主人のところに通い、おとぎ話の芝居『黄金の鍵と生きている水』の歌の練習をしていた。ヴラスチチカは素晴らしいソプラノの持ち主で、私に、スケートの金具を取り付けてもいいという栄誉を授けてくれた。それが終わるとスケートリンクの端から端へとものすごい速さで滑っていってしまい、まわりにいるのは少女たちの取り巻きだけになった。私は彼女にあまり上品ではないゴム人形をあげ、彼女から短い手紙を受け取った。そこに書かれた質問は、彼女の母親とカラスだけが赤面せずに答えられるものだった。私はまったくあからさまに答えたが、その返事はヴラスチチカの伝道師の手に落ちてしまった。私は伝道師を、さらに悪いことには、下宿の主人までをも相手にしなければならなくなった。私たちの伝道師はホモで、生徒たちの手を握り締め、なかには彼のところへ来るようにと言われる者もいた。ヴラスチチカへの手紙を押さえているものと思っていたので、伝道師に、手紙が秘密の文字で、塩化コバルト液〔水分に反応して色が変わる〕で書かれ、ストーブで手紙を温めると、見えなかった文字が見えるようになり、やがてまた消えると告白してしまった。ところが手紙は下宿の主人の手に渡り、主人は私をこのうえなく恐ろしい仕方で罰する義務があると考えた。私は自分の手紙の文章を一語一語くり返して言わなければならなかった。そのせいで激しい拷問のような恥辱を味わうこととなり、この苦難の尋問のことは思い出すのもつらいものとなっている。

シュティルスキーとの出逢い

ネズヴァルがシュティルスキーと出逢ったのは一九二三年の春だった。当時のチェコ（スロヴァキア）・アヴァンギャルドにおいて中心的な役割を担っていたのは〈芸術家同盟デヴィエトシル〉で、前述（103頁）のタイゲ、サイフェルト、ホンズル、そしてネズヴァルといった若い芸術家たちが集っていた。シュティルスキーもトワイヤンとともにデヴィエトシルに参加しており、また、以下の回想に登場する画家のイジー・イェリーネク（一九〇一～一九四一）と作家のヴィンツェンツ・ネチャス（一九〇三～一九七二）もメンバーだった。デヴィエトシルは一九二〇年の創立当初はプロレタリア芸術を志向していたが、ほどなくして日々の生活に「ポエジー」をみいだそうとするチェコ独自のイズム、ポエティズムを重視するようになる。やがてメンバーのなかにシュルレアリスムに傾倒する者もあらわれはじめ、一九三〇年代に入ると意見の対立からデヴィエトシルは活動停止へと向かう。その後到来するのがシュルレアリスムの時代で、ネズヴァルとシュティルスキーはこの運動の推進にも多大な貢献をしていく。ふたりの友情はシュティルスキーが亡くなるまでつづいた。（訳者）

ナーロドニー・カフェとカフェ・スラーヴィエには当時、私たちのことを知り、私たちと同じような芸術的信条を持ち、私たちと知り合いたいと思っている若者たちが通っていた。タイゲが私に若いかけだしの画家を引き合わせるときは、いつもその画家が「キュビスム以前」か「キュビスム以後」かという素朴な質問をした。「キュビスム以前」なら興味が持てなかった。この素朴なものさしがまったくばかげていたというわけでもない。若い画家にの「障壁《バリア》」（私は絵画における現実の写実主義的＝自然主義的な表現をこう呼んでいた）を打ち破る勇気がないなら、たいていの場合仮面をかぶったキッチュ芸術家か、商業的成功にしか関心がない者のどちらかだった。ある晩タイゲが私にやせこけ、空色の目をした若者を紹介し、ユーモアを込めて「キュビスム以後」の画家だと言ったので、私たちはどちらも言葉を失った。間違いでなければ、その晩私は列車でブルノに行き、徴兵猶予を取り付けなければならなかった。軍部が私を悩ませようとしていることについて悪態をつきながら仲間たちと別れようとしたとき、心地よい驚きがあった。知り合ったばかりの「キュビスム以後」の画家が立ち上がり、駅までお送りしましょうと申し出てくれたからだ。インジフ・シュティルスキーだった。待合室だったか、駅のレストランだったかに座っているとき、彼はどんな状況で私の詩に出逢ったのかを話しはじめた。そのとき彼の念頭にあったのは私の『驚くべき魔術師』〔一九二二〕の、スズランが出てくる一節だった。彼の最愛の姉が家で亡くなったと告げられたとき、まさにそのスズランに彼の目が留まったのだった。その後シュティルスキーの記憶のなかでは姉の死のイメージと私の詩が溶けあっており、すでに何度かその体験に芸術的なかたちをあたえようとしていた。私はこの話に魅了された。現実とのあいだにこのような特別なつながりがあることはとてもよくわかるし、私にはそれが詩《ポエジー》なるものの目には見えない門を開ける鍵となっていたので、シュティルスキーの体験に無関心ではいられなかった。『驚くべき魔術師』に挿絵を添え、そうすることで姉の死の思い出を別のかたちで表現するという友人の約束を私は受け入れた。ブルノに向かって出発すると、インジフ・シュティルスキーの言葉が何度も何度もくり返して思い出されてきた。もっとも、知り合ったばかりのこの人物とその後長く友人として付き合っていくことになるとは思いもしなかったが。

ある日、いくぶん黒人のような外見をした、背の高い青年が訪れ、私の部屋にインジフ・シュティルスキーの作品をいくつかと自分の作品をいくつか運んできた。シュティルスキーの仲間のイジー・イェリーネクで、レモという偽名を使い、シュティルスキーによく似た話し方をしていた。私はそれぞれから作品をひとつ選ばなければならなかった。シュティルスキーから選んだのは『私の仲間』と題された作品で、色紙やカレル・ハシュレルの歌の冒頭数小節の楽譜までもが使われていた。イェリーネクが持ってきてくれたのはどちらかといえば小さい作品だったが、シュティルスキー独自の感性がはっきりとあらわれていた。イェリーネクのほうがたくましいが、このふたりの画家の友情においてはシュティルスキーのほうが強い立場にあるのは明らかだった。こうして私はこのふたりの芸術家と交際するようになり、ある朝、ふたりに会いにイェリーネクの部屋を訪れたとき、彼らの女友だちのマリエ・チェルミーノヴァー——彼女がのちに自分の絵に入れる署名ではトワイヤン——と知り合った。人間的にも芸術的にも驚くべき三人組だった。シュティルスキーはその精神であり、その女性的要素だった。トワイヤンはある一時期少年のような格好をし、自分のことを話すとき女性形の語尾を使わず、そうすることで自分が人間的にも芸術的にも対等であることをしめそうとした。彼女は「ぼくは」と言い、堂々としており、あるとき共産主義の資料か何かが彼女のうちでみつかる恐れがあったとき、それを引きちぎり、食べてしまったという伝説があった。彼女とシュティルスキーの関係は友情だけではないかもしれない、という噂には我慢ができず、無愛想な口調でそれを斥けた。彼女はよたよたした独特な歩き方をしていた。スミーホフ地区で姉と暮らしていたが、家族はいなかったし、いまもいないと言っていた。独特な優しさがあり、自分の感情をしっかりと守るように、その優しさをとげとげしいほど冷静に振る舞うことによって守っていた。イジー・イェリーネクというこのひとのよい大男は、多少うわずったしゃべり方をし、仲間たちのすべてを許す優しい心をもっていた。私はこの三人組と信頼に満ちた友情を育んだ。シュティルスキーはデヴィエトシルのメンバーたちといるときは口数が少なく、おずおずしていた。とくにタイゲの前では居心地を悪くしていた。ナーロドニー・カフェを出ると、私たちの夕べがまだ終わりではないことがわかった。たいていはカフェ、ウ・ユリシューに向かい、そこで夜の新しい章、前章よりもはるかに詩的な章がはじまった。当時私たちはいかなる理論ももたずに、櫂《オール》をもたずに詩のなかをたゆたっていたからだ。トワイヤンの生活については何も知りえなかった。彼女は人物としては謎のままだったし、自分の過去は語らなかった。私にわかったのは、シュティルスキーとイェリーネクとはコルチュラ島〔クロアチア〕で知り合い、そこでにぎやかな日々をいっしょに過ごしたということだけだった。シュティルスキーにはいろいろ深入りするものがあったが、酒に呑まれると、ひとが変わった。しらふのときは、どこまでも謙虚で優しく、教会の絵のなかの聖人たちのようだったが、ひとたび酒を飲むと、空色の目のなかに雷鳴がとどろきはじめ、稲妻が走った。シュティルスキーは遺伝性の重い心臓病によって損なわれた健康をぼろぼろになるまで危険にさらした。このようなとき彼はもっとも近しい友人にも――とりわけ彼らには――ひどい態度を取った。その後訪れるのは二日酔いで、シュティルスキーは二、三日髭を剃らず、顔には十字架にかけられし者の顔のような苦悩が見て取れた。しかしウ・ユリシューではふつうコーヒーしか飲まなかったので、そこで行なわれることはすべてはっきりとした意識のもとで行なわれた。トワイヤンはメモ帳を持っていた。そこに魅力的な絵を描いており、その登場人物はしばしば私たち全員、私たちの友人たちだった。きれいな線画で、造形的な速記文字といえるくらい単純化されており、ごく稀にしか作品を見せてくれなかった。彼女のメモ帳に私が小さな詩を書き、ふたりして楽しんだ。シュティルスキーがよく聞かせてくれたのは、姉の話と、娘の遺体を墓掘り人夫に渡そうとしなかった母親の話だった。彼の母親は娘にたいして罪の意識を抱き、あるとき許しを乞うためにイェルサレムまで巡礼に出かけていった。母親の死後、シュティルスキーの父親は家政婦を雇った。彼女と関係を持ったが、自分の息子に嫉妬し、あるとき銃口を向けて撃とうとした。父親は引退した教師で、完全なアル中だった。莫大な財産、家と農地を持っていたが、シュティルスキーは父親のせいで家には帰りたがらなかった。不幸と死が支配するこのような壊れた関係を想像すると、私は背筋がぞっとした。あるときシュティルスキーが電報を受け取った。父親が酔っぱらって、赤熱の調理用ストーブの上に倒れ、ひどい火傷を負い、死にそうだから、すぐに戻るようにとあった。シュティルスキーがチェルムナー・ウ・キシュペルカに戻ったとき、父親はすでに死んでおり、彼は財産をすべて相続した。はじめはすべてを売りたいと思ったが、売り払ったのは農地だけで、家はさしあたりそのままにしておいた。私はある忘れがたい晩のことを思い出す。聖ニコラスの日〔一二月六日〕のことだったが、シュティルスキーとトワイヤンが新しい服を着て、ナーロドニー・カフェの私の許に聖ニコラスの日の豪華なプレゼントを持ってきてくれ、ほかのところへ、もっとおもしろい部屋へ行って、座を持とうとせがんだのだ。私には何か奇妙なことが起きているのが明らかだったし、シュティルスキーの唇は奇妙な自意識から不意に震え、トワイヤンは特別な優しさをもって私にまなざしを注いでいた。どこかで夕食をとり、シュティルスキーが私たちをもてなしてくれ――遺産の一部売り払った代金を受け取ったばかりだったからだ――、カフェ・ルーヴルの下にあるバー、ムーラン・ルージュへ行った。すべてがとても変わっていて、とてもショッキングだった。私たちは飲んだ。私は紙ナプキンに三編の詩を書き、理由も考えずにそのなかで友人たちに別れを告げた。シュティルスキーが自分の人生の新しい章がはじまることを明らかにしたときの振舞いが、私たちのあいだに言葉では言いあらわせない何かをもたらした。私たちは飲んだ。不意に自分がトワイヤンのことが好きで、彼女はそれを感じているにちがいないと思えてきた。彼女はつぎつぎに煙草を吸い、大きな目をシャンデリアに照らされた壁紙に向けていた。彼女にも容易には解き明かせない、悲しみに貫かれた何かがあった。朝方、私たちがバーからナーロドニー通りに出ると、雪が落ちていた。シュティルスキーは何か流行り歌を口ずさんでいた。路面電車の始発に飛び乗って、スミーホフ地区の事務所へ行く時間だった。頭のなかでは夜がダンスし、心臓はニコチン中毒と奇妙な悲しみによって締め付けられた。そのすべてに勝っていたのは、トワイヤンが好きで、彼女に会いたい、彼女と話をしたいという強い思いだった。しかし、友だちになってからもうだいぶ経つのに、今夜頭をもたげてきた感情に私はどうしてこれまでとらわれなかったのだろうか。私は牛乳店に行き、眠らずに過ごした夜のあいだ私のなかにありつづけた地獄の苦しみを鎮めようとした。冷たいミルクが欲しくて、落ちてくる雪に顔を向けながら飲んだ。時間がいつもよりゆっくりと流れていった。シュティルスキーの笑い声が聞こえてきた。彼は夜のあいだ私を非難して、新しい芸術が深く根を下ろしているところ――セーヌ川の両岸をギヨーム・アポリネールがさすらい、多少運がよければ、パブロ・ピカソに出逢えるところ――へ行かずに、愚かな事務所で時間を無駄にしていると言った。ようやく勤務時間が終わった。路面電車に座り、一眠りするためにヌスレ渓谷〔プラハの一地区〕へ行った。羽根布団をかける時間さえなかったのだろうか、そのくらいひどく疲れて眠ってしまった。一、二時間眠ったころ、ドアをノックする音で目覚めた。一二月の夕暮れが訪れはじめており、熱っぽい私の目の前で部屋が回り、時計が見えなかった。私たちは友人たちとの六回目の集まりに行くことになっていた。ところが下宿の女主人が私に手紙を手渡し、そのなかでふたりは私に別れを告げ、パリへと出発したことを伝えていた。

目の前から、いっしょに育った誰か、いっしょに育ったがゆえに共通の習慣によって結びつき、共通のリズムによって結びついている誰かが不意にいなくなったら、自分がまったく寄る辺ない身であるという思いに、空虚の果てへと連れて行かれてしまう。いずれにしても、ひとはそのような状況では、みずからすすんで生きるのをあきらめてしまうだろう。というのも別の生き方——貴重な思い出によってこれまで自分がつながっていたのとは別の生き方——を探さなければならなくなるからだ。シュティルスキーとトワイヤンがパリへと出発したあと、私が身を置いたのはこのような状況で、はじめのうちは自分にはそれでもほかの友人たちがいるということ、それでも自分は孤独ではないということを意識するのがむずかしかった。シュティルスキーに非難されるべき点があったとすれば、協力者や兄弟たちをもふくめて、人びとから離れたがるという性向だけだ。しらふであるかぎり、人びとのまえでは内気だったが、そこには正反対のものもあり、しらふでないときには、ひとを攻撃せずにはいられず、怒りにまかせて意趣返しをせずにはいられなかった。彼のなかにはつねにふたりの人物がいた。ひとりは青い目の、謙虚そうな、田舎の女性のような人物で、彼のきわめて繊細な着想《インスピレーション》はこの人物によるものだった。しかしながら八月生まれの子供で、獅子座の息子だったのは理由のないことではなく、彼にあってはすべてが謙虚さにたいして異議を唱え、さらにいえばある段階からは偽善でしかなかった。アルコールが抑えつけられた自意識を呼びもどし、誰にも、何にも配慮しなくてよい舞台を提供していた。すでに述べたように、彼は母親譲りの心臓病をかかえ、さらに悪いことには、家族から奇妙な罪を負わされており、それがありえないほど異様な事態に結びついていた。そう、彼の父親だ。元教師の父親はその仕事を辞め、何年も考えてから、娘を連れた、農場をもつ未亡人と結婚し、ある程度までは農業に専心した。この結婚から生まれたのが息子インジフで、先生を付けてもらったにもかかわらず、絵画に身を捧げ、最後には絵画アカデミーに入学した。インジフの母は、すでに述べたように最初の結婚で生まれた娘に嫉妬し、心臓病を患うその娘を、男の視線から守るという考えから部屋に閉じ込めた。娘はとうとう死んだ。そのときインジフ・シュティルスキーの芸術家としてのまなざしが捉えたのがスズランだった。姉は彼にとってはいわば家族が暮らす田舎の大きな家に咲くスズランだったのだ。母親は娘にひどく残酷な仕打ちをしたといって自分を責め、死んだ娘を送り出そうとせず、一週間遺体を家に置きつづけた。その後、許しを乞うためにイェルサレムの聖墓へ巡礼し、ほどなく死んだ。だいぶ前からアルコール中毒だったシュティルスキーの父親は、家政婦と再婚し、酒を飲み、彼女に嫉妬した。インジフにも嫉妬し、あるとき庭で撃とうとした。インジフは父親には感傷的な気持ちを持っておらず、私たちが友人だったころ、父親が赤熱の調理用ストーブの上に倒れて負った火傷がもとで死んでも、悲しみをたいして表には出さず、父親の死後自分のものとなった遺産を使いはじめた。パリへの旅は、もっとも自由に遺産を使う最初の大きな試みであり、家との関係を断つ大きな試みでもあった。シュティルスキーの伝記――私はその数ページをまたしても強調したが――をわずかしか知らなくても、どうしてすべての詩のなかで呪われた詩人たちがいちばん好きなのかを想像するのはむずかしくない。彼はしばしば毒づき、私に出不精で、家にしがみついていると言い、その家から逃げていった。シュティルスキーはますます人工的な世界が好きになっていき、それを大きな勇気をもって創りあげていった。ほかの画家を見下し、チェコの画家はトワイヤンをのぞくと誰も評価していなかった。パリで私の友人たちははじめは理想的な暮らしを送っており、とくにヴィンツェンツ・ネチャスとともにつくった大部のパリのガイドブックを出すために、出版者のヤン・フロメクと知り合うことができたときはそうだった。シュティルスキーはいつも朝、仕事仲間に作業を割り振り、計画どおりにいかないと、晩はふつう罵詈雑言をもって彼らを出迎えた。頭の下に斧を置いて眠る習慣があり、隣人たちは慣れたもので、彼が想像上の殺人者から身を守るために、それをもって部屋を走っていても、最悪の事態にはならないだろうと思っていた。私にはいつもそれが容易だったというわけでもないが、移ろいやすい気質もすべてふくめてシュティルスキーのことが好きだった。シュティルスキーは個人主義者だったが、タイゲといっしょのときは、いつも居心地よくしていられるわけでもなかった。タイゲとはたいてい意見が合わなかったが、どんな話題についても決して論争することはなかった。賛成しているふりをして、私たちといるときにだけ言いたいことが言えれば満足だった。シュティルスキーとトワイヤンがパリに出発して、私たちのつきあいが終わると、私はナーロドニー・カフェのデヴィエトシルの本部にまた出入りするようになったが、そこには狭いサークルにあるような親密な雰囲気はなかった。というのも私たちの運動は大きくなり、参加者のなかには建築家もいたからだ。タイゲはシュティルスキーがいなくてもそれほど寂しがらなかった。というのもシュティルスキーには多くの点で賛成できなかったからだ。トワイヤンを思い出すことのほうがはるかに多かった。彼女は私がいま話題にしている時代には確かにいくぶん無政府主義的な信条をもってはいたが、共産主義者であることにかわりはなかった。

編訳者あとがき

ヴィーチェスラフ・ネズヴァル（一九〇〇〜一九五八）の散文作品『性の夜想曲』がインジフ・シュティルスキー（一八九九〜一九四二）の挿絵（コラージュ）をともなって最初に世に出たのは一九三一年のことだった。二〇世紀前半のチェコ・アヴァンギャルドを代表する詩人と画家の画期的なコラボレーションとして記憶されてよいこの作品は、しかしながら、その後ずいぶんと長いことかならずしも容易にアクセスできるものにはなっていなかった。現在の目からみればそれほどのものでもないだろうが、性的なことがらをあからさまにあつかうその内容は、当時のチェコスロヴァキアでは広く一般向けに刊行することなど到底できず、そもそもの出版形態も、訳出した奥付にあるようにシュティルスキーによる少部数の私家版というものだった（当時の出版状況をしめす例として、一九二九年にシュティルスキーのイラストを添えて出版されたロートレアモンの『マルドロールの歌』が一般読者には不適切なものとみなされ、書籍の一部が押収されたり、ある部分が黒塗りにされたりする事件があったことを指摘しておいてよいかもしれない)。見方をかえれば、このような特別なかたちでの出版だったからこそ、シュティルスキー自身のこれまたあからさまに性的な挿絵をともなうことができたともいえるだろうが、いずれにしてもこの作品は、一九五〇年から一九九〇年にかけて刊行された、全三八巻にものぼるネズヴァル全集にも収められることもなく、はじめて再版されたのはようやく詩人の没三〇周年を迎えたときのことだった(二〇〇一年にも復刻版が刊行されている)。とはいえ、詩人自身はもちろん自分の正式な作品のひとつと考えており、これを「思春期の官能的な夢遊状態から生じ、忘却の淵にあったさまざまな状況」にもとづくものであると説明していることもいい添えておこう。

時代を考えれば内容の上でも表現の上でも特殊なといってよいネズヴァルとシュティルスキーのこのコラボレーションは、以上のことからして、画家みずからが特別な出版形態を準備しなければおそらく実現することはなかっただろう。作品の傾向としては同様の『エミリエが夢のなかで私の許にやってくる』も——といっても、こちらはテクストもイラスト（フォトモンタージュ）もシュティルスキーによるものだが——、訳出した原書の奥付をみればわかるように、画家自身の同じ私家版のシリーズ〈叢書《エディション》69〉の一冊として一九三三年に刊行されている。この叢書をどのように構想したのかについて、シュティルスキーは「出版者」として用意したフライヤー（一九三二年）のなかでこう説明している。

〈叢書《エディション》69〉では優れた文学的価値を有する作品と永続的な芸術的価値を有するヴィジュアル・アート《グラフィック》・アルバムを刊行するが、その比類のない、エロティックな性質ゆえに発行部数は最小限にせざるをえない。なぜならそれらの作品が幅広い読者層の所有物となるのは——幅広い読者層に向けてつくられているわけでも、そこを対象としているわけでもないので——望ましいことではないからだ。現存する作家たちから作品を選定するさい私はクオリティにもとづくことにした。詩人、作家、芸術家、翻訳家の名前をみれば、私が非合法で無価値なポルノグラフィや匿名の私家版を流布させようとしているのではないかという疑いは一掃されるだろう。古い文学から私が選んだのは、公認の文学史においてはいわゆる不道徳《インモラル》さゆえに無視されてはいるが、その真正さについては疑いえない作品であり、また入手可能な諸作品をとおして私たちが抱いている詩人の人物像《プロフィール》を、その秘められた特質によって補完する作品でもある。〈叢書69〉の第一巻として刊行されるのはマルキ・ド・サドのもっとも有名な小説『ジュスティーヌ』である。

〔……〕

〈叢書69〉の第二巻として今年の十一月に刊行されるのは、ヴィーチェスラフ・ネズヴァルの新しい散文作品『性の夜想曲』——暴かれる幻想の物語——である。

詩人ヴィーチェスラフ・ネズヴァルが好きな者なら、この忘れがたい夢——そこでは愛の恐ろしさによってひとりの子供が愛人にも詩人にもなる——の想起に魅了され、心をときめかせるだろう。『性の夜想曲』は痛烈なほどのエロティシズムと憂鬱《スプリーン》のムードに具体的なかたちをあたえたものであり、絶対的瞬間を追う繊細な探求者はその憂鬱さに呑みこまれてしまう。内的出来事のロマンティックで一貫した展開が特徴となるこのロマンスの雰囲気は、ひとりの男を中心として、彼が思いがけない多様なリズムを刻みながら、異なる年齢の局面で姿をみせることによって醸成されていく。彼の基本的なストーリーは、小さな街の夜の散歩道と娼館――時期と条件がかわればバーとなる――を舞台としている。『性の夜想曲』はモザイク画のようなものだ。現実と想像の双方において展開しており、そこで憂鬱が表現されるのは、満月が輝く狂気の夜の、孤独な光の擬古的《アルカイスム》表現、フットライトに照らされた身体の擬古的《アルカイスム》表現、フェティシズム、靴下留め《ガーター》、ソファーベッド、化粧、アルコール、満たされない感性の絶望的な憂愁の擬古的《アルカイスム》表現とともにである。

詩人はこの小さな本のなかであらゆる直接的な表現手段――文学的語法から排除された語彙、しかしそれでも愛とヒステリーの永続的といってよい語彙、回りくどく大仰な表現では置き換えられない語彙――をもちいている。

実際には出版の順序が逆転して『性の夜想曲』が第一巻となっており、『ジュスティーヌ』は第二巻として一九三二年にトワイヤンの挿絵をともなって刊行された。この「エロティック」な叢書に『エミリエ』がくわわったのは最終巻となる第六巻としてであり、残りの三作品はといえば、第三巻がチェコの詩人フランチシェク・ハラス(一九〇一〜一九四九)の詩集『テュルソス』(挿絵はシュティルスキー)、第四巻が一六世紀のイタリアの作家ピエトロ・アレティーノの『ラジオナメンティ』(挿絵はトワイヤン)、第五巻が一八世紀から一九世紀にかけて活躍したフランスの作家ピエール＝ジャン＝バプティスト・ヌガレの作品集(挿絵はルドルフ・クライツ)というラインナップだった(いずれも刊行は一九三二年)。容易に想像されるように『エミリエ』も『性の夜想曲』と同様、その後長いこと再版されず、最初に出たのは一九九四年、それもドイツ語版だった(チェコでは二〇〇一年に同じく復刻版が刊行されている)。

さて、このようなかたちで出版された『性の夜想曲』と『エミリエ』は、性的なもの《エロティシズム》が主題になっていることのほかに、ときに現実と幻想(ないし夢)が融合し、論理的整合性とはべつのところでテクストが構成されていく点もまた共通しているといえるだろう。そのため——といっても言い訳にしかならないことは重々承知しているが——、どちらも日本語としてどう表現すればいいか、というより、どういうふうに文章を構成していけばいいかという点がこれまでになくむずかしかったことを告白しておかなければならない。

本書にはふたつの物語につながりのあるシュティルスキーとネズヴァルのべつの作品も収められており、それらテクストが相互に光を投げかけ合うようにするというのが編集上の重要なテーマのひとつだったといえばいえるかもしれない。個々のテクストがほかとどうかかわるのかについては、実際にお読みいただければここでいちいち説明するまでもないと思うが、『夢』と題された、シュティルスキーの夢日記にも登場するエミリエという人物については若干補足的な情報を提示しておいてもよさそうだ。結論めいたことからいえば、エミリエはシュティルスキーが最愛の姉マリエの面影を投影したフィクションの人物《フィギュール》であると考えられている。このことをふまえて、『夢』の序文にあたる文章と、ネズヴァルの自伝＝回想録『私の人生より』のなかで詩人が画家本人から伝え聞いた話として書いている、家族にかんする件りを読めば、シュティルスキーにとって姉がどういう存在だったかがわかるだろう。ひとつ付け加えておくなら、父親の異なる姉が亡くなったのは一九〇五年のことだったが、そのとき彼女は二一歳の若さで、シュティルスキーはまだわずか六歳だった。『夢』（生前に準備・構想され、死後だいぶ経ってから出版された）の序文にはマリエの肖像画が添えられていることにも注意を払っておこう。本書では、かぎられたスペースながら、そういったシュティルスキーのヴィジュアルもなるべく収めるようにした（なお、『エミリエ』の割愛したフォトモンタージュについては、インターネットで画像検索すれば簡単に観ることができる。今回はテクストの翻訳が出ることを多としていただきたい）。

最後に、いま一度断わっておくが、『夢』のセクションのカリグラムめいた文字の並べ方《タイポグラフィ》は本書独自のもので、シュティルスキーの原文とはまったく関係ない。いくぶん（かなり？）やり過ぎともいえるデザインではあるけれど、このようなことを考えてしまう編集者でなければ、本書のような本をつくることはなかったのではないかとも思う。今後もいくぶん（かなり？）変わった本を（ともに）つくっていくにちがいない、風濤社編集部の鈴木冬根氏に心からの感謝の気持ちを伝えることで、このあとがきを結ぶことにしたい。

赤塚若樹

二〇一五年四月二一日

翻訳にあたってはそれぞれ以下の版を底本とした——

ネズヴァル『性の夜想曲』
Vítězslav Nezval, *Sexuální nocturno: Příběh demaskované iluse*. Praha: Jindřich Štyrský, Edice 69, Svazek 1, 1931.
（参考：Vítězslav Nezval, *Sexuální nocturno: Příběh demaskované iluse*. Praha: Torst, 2001.）

シュティルスキー『エミリエは夢のなかで私の許にやってくる』
Jindřich Štyrský, *Emilie přichází ke mně ve snu*. Praha: Jindřich Štyrský, Edice 69, Svazek 6, 1933.
（参考：Jindřich Štyrský, *Emilie přichází ke mně ve snu*. Praha: Torst, 2001.）

シュティルスキー『夢（1925-1940）』
Jindřich Štyrský, *Sny (1925-1940)*. Praha: Odeon, 1970.

ネズヴァル『私の人生より』
Vítězslav Nezval, *Z mého života*. Praha : Československý spisovatel, 1959.

ヴィーチェスラフ・ネズヴァル

Vítězslav Nezval　1900-1958

20 世紀前半のチェコ文学を代表する詩人。1900 年、南モラヴィアのブルノ近郊の町ビスコウプキに生まれる。1920 年代にアヴァンギャルド芸術家のグループ、デヴィエトシルに参加し、ポエティズムと呼ばれるチェコ独自の芸術運動を推し進める。その後フランスのシュルレアリストたちとの親交を深め、1934 年にシュティルスキー、トワイヤンらとともにチェコスロヴァキアのシュルレアリスム・グループを結成。晩年は社会主義リアリズムに傾倒することもあったが、とりわけアヴァンギャルドの領域において成し遂げた文学的・芸術的偉業には比類のないものがある。詩のほかに散文フィクション、エッセイ、批評、戯曲、翻訳、児童文学なども手がけた。1958 年、プラハにて逝去。邦訳『少女ヴァレリエと不思議な一週間』(風濤社)。

インジフ・シュティルスキー

Jindřich Štyrský　1899-1942

20 世紀前半のチェコ・アヴァンギャルドを代表する画家。1899 年、ボヘミア北部のチェルムナー・ウ・キシュペルカに生まれる。プラハの芸術アカデミーで絵画を学んだ後、ネズヴァルと知り合い、1923 年にデヴィエトシルに参加、頭角をあらわしていく。1925-28 年、トワイヤンとともにパリで暮らし、「現実の抽象的認識」を試みる絵画のスタイル、人工主義（アルティフィツィアリズムス）を追求。その後シュルレアリスムに傾倒し、1934 年にネズヴァル、トワイヤンらとともにチェコスロヴァキアのシュルレアリスム・グループを結成する。ふたたびパリに赴くが、心臓病を患い、1942 年にプラハにて逝去。写真、コラージュ、装幀、舞台美術、批評、詩作なども手がけた。

赤塚若樹

あかつか・わかぎ

東京都生まれ。現代アート、とりわけ文学、映画・映像、音楽に関心がある。著書に『ミラン・クンデラと小説』(水声社)、『シュヴァンクマイエルとチェコ・アート』(未知谷)、共著に『ブルーノ・シュルツの世界』(成文社)、編集・翻訳書に『シュヴァンクマイエルの世界』(国書刊行会)、『チェコ・アニメーションの世界』(人文書院)、翻訳書に F. M. ロビンソン『山高帽の男——歴史とイコノグラフィー』(水声社)、V. ネズヴァル『少女ヴァレリエと不思議な一週間』(風濤社)、共訳書に M. オクチュリエ『ロシア・フォルマリズム』(白水社）などがある。首都大学東京大学院人文科学研究科教授。

性の夜想曲

チェコ・シュルレアリスムの〈エロス〉と〈夢〉

2015年6月1日初版第1刷発行

著者　ヴィーチェスラフ・ネズヴァル
インジフ・シュティルスキー
編訳　赤塚若樹
発行者　高橋 栄
発行所　風濤社
〒113-0033 東京都文京区本郷3-17-13 本郷タナベビル4F
Tel. 03-3813-3421　Fax. 03-3813-3422
印刷所　中央精版印刷
製本所　難波製本

ISBN978-4-89219-396-5